傑作長編時代小説

同心 亀無剣之介
消えた女

風野真知雄

コスミック・時代文庫

本書は二〇〇七年一月に小社より刊行された「同心 亀無剣之介 消えた女」を加筆訂正の上、新装版として刊行したものです。

目次

第一話　首切りの鐘……5
第二話　消えた女……88
第三話　死の芸……172
第四話　最悪の同心……241

第一話　首切りの鐘

一

「今日はよく冷えるのう、お糸《いと》さん」

「あ、はい」

閉めた障子《しょうじ》の向こうに、師走《しわす》の風の音が聞こえている。この風は、隅田川を渡って——というより、隅田川に沿って秩父《ちちぶ》からおりてくるような風で、身を切られるほどに冷たい。境内《けいだい》の葉を落とした木立《こだち》が、ひゅうひゅうと鳴る音に、

「なんだか、野ざらしになった骸骨《がいこつ》のあいだを吹く風のようじゃ」

「まあ、雪元《せつげん》和尚さまったら」

たいしておもしろそうでもないのに、口を手で押さえた。

ここは、隅田川の東、寺島村の外れにある金能寺《きんのうじ》という寺である。

まわりは田畑と池ばかりで、人家は南にくだるか、西に行くかしないと、ほとんどない。そんな寂《さび》しいところにある寺だが、江戸でも有数の名刹《めいさつ》として知られていた。

名が轟《とどろ》きわたったことには、当代の住職である雪元の力が大きかった。説法《せっぽう》が巧《たく》みである。

豊かな学識に裏打ちされているわりには、話がわかりやすく、たとえがおもしろい。しかも、声に張りがある。これだけでも充分に説得力があるが、雪元はさらに、歳が四十と若く、住職と聞いて想像されるような老人ではない。なおかつ、若いときは人形のような、と言われたくらいの美男《びなん》であった。

月に三度、この寺の境内でおこなう雪元の説法には、檀家ばかりでなく、川向こうから女性の客たちが百人も二百人もやってくる。

また、江戸市中の方々《ほうぼう》に出かけていき、場所にこだわらず座禅を組み、説法をおこなう。美男ぶりと、ありがたい説法は話題になり、禅を教えてほしいという依頼も増えた。

お布施《ふせ》などもだいぶ増えているはずである。だが、ここ金能寺は、昔ながらの質素なたたずまいであった。

それもそのはずで、月に三度は吾妻橋《あづま》のたもとまで行き、貧しい人たちに粥《かゆ》の炊き出しをおこなっている。その米と、干し梅と沢庵《たくあん》の代金に、お布施は消えているのであった。

そういう暮らしぶりが、雪元の名をますます高めていた。

その金能寺の、本堂の隣にしつらえられた茶室である。

「和尚《おしよう》さま。今日は静かですね」

さきほどお糸と呼ばれた女客が、隣の本堂の奥をのぞくようにしながら、不安げな声で言った。

「ああ。小坊主どもが修行のため、谷中《やなか》のほうに行ったのでな」

いつもは小坊主が三人いて、庭先を掃除していたり茶を運んできたりする。

「寺男《てらおとこ》のあの方《かた》も？」

「弥助《やすけ》か？　あれは近所に使いにいっただけで、すぐに戻るさ」

「そうですか」

お糸は、ほっとした顔をした。

「まあ、そんなに固くならず、ゆっくりとしなさい。わしが茶を立ててあげるでな」

そう言いながら、雪元は炉《ろ》にかけてある鉄の釜から湯をすくった。

「そんな、ご勿体《もったい》ない。それより、早く主人のお墓の話をしてくださいませ」

「そうそう、それだがな……」

と言いながらも、そこで話を区切り、雪元は碗に粉茶を入れ、茶筅《ちゃせん》ですばやくかきまわした。

お糸は、浅草橋場《はしば》町にある傘屋、佐野屋《さのや》の女主人である。

三年前に亡くなった田之吉《たのきち》とふたりで、二十年前にはじめた店だったが、いまでは番頭や手代《てだい》、小僧や女中など十人を抱える大店《おおだな》になった。

田之吉が、四十二の厄年に、不意の卒中《そっちゅう》で息を引き取ったときは、どうなることかと周囲も心配した。だが、田之吉が基礎を作っておいた卸《おろし》のほうがどんどん伸びていて、店はまだまだ繁盛《はんじょう》していきそうである。

その亡くなった田之吉の墓について相談があるので、七つ時分、金能寺のほうに来るようにと、雪元から言われていたのである。

「あたし、このあとも用事が控《ひか》えておりまして」

「うむ。では、話そうか。じつは、亡くなった田之吉さんのお墓をな、いままでの北側から、ちょうど橋場のあたりがのぞめる西側に持っていってはどうかと思ってな」

雪元がそう言うと、どことなくおどおどしていたお糸の顔が、ぱぁっと明るく輝いた。

「まあ、そんなことができるんですか？」

「もちろん、できるさ。西の端《はし》にひと坪ばかり空いている土地がある。じつは、佐野屋さんのために、植えていた桜を移そうと思ったのよ」

「そんな、ありがたいことを」

「さあ、お茶ができたぞ」

雪元は、茶碗をお糸の前に置いた。

「主人は二十二、あたしは十六のとき、ふたりではじめた店だったんです」

お茶を手にして、お糸が語りはじめた。

「若かったのう」

「若いばかりか、なにも知りませんでした。その分、必死で働きました。休んだ日なんて、二十年のあいだに、要右衛門《ようえもん》を産んだ十日ばかりです。もちろん、主人はおそらく一日だって、休んでいなかったはずです」

「働き者だったからなあ」

「はい。人並みにあと二十年も生きられたら、どれだけの大身代《おおしんだい》になったことか。いまも、あたしや息子の要右衛門の商売を、たいそう心配していることでしょう。ですから、橋場がのぞめるお墓に移らせていただけるなんて、どれほど喜びますことやら」

お糸はそう言って、あわてて袂《たもと》で涙を拭いた。

そんなお糸を、雪元は、

「うんうん」

と、うなずきながら、強い視線で、じっと見つめた。

お糸は、さっき十六で店をはじめたと言ったから、いまは三十なかばのはずである。小柄《こがら》で、愛嬌《あいきょう》のある顔立ちをしていた。

ただし、赤児を褒めるとき、かわいい赤児にはそのまま「かわいい」と言えるが、そう言うとあまりに見え透《す》いているようなときは、「あら、愛嬌があって」などと言う。その意味と、まったく同じ愛嬌ではあった。

だが、雪元がお糸を見つめる目には、恋慕《れんぼ》の情がうかがえた。

雪元はもちろん、自分が女たちに強い魅力を感じさせることを知っている。その最大の要因が、自分の容姿であることも。

小坊主のときには先輩や、年老いた住職などから、何度も言い寄られた。

「おなごのようにきれいだ……」とは、そのときの決まり文句である。自分の寺を持ってからも、檀家の未亡人から迫《せま》られたことは、一度や二度ではない。

しかし雪元が、それを喜んでいたわけではない。

むしろ、そうした女たちを内心では嫌忌《けんき》してきた。

本当ならば雪元は、「男らしい」「立派だ」と言われたかった。それが、どいつもこいつも、「おなごのようにきれいだ」とは……。

お糸だけは、そんな感情をあらわさない。

自分の説法を聞くときも、美男だからというより、ありがたい話を心に刻《きざ》みつけようと一生懸命になっているふうに見えた。

だから、なおさら、お糸への想いがふくらんできているのだ。

「お糸、わたしは……」

不意に雪元の手が伸びて、お糸の小さな手を取った。四尺六寸くらいしかなさそうな、小さな身体にふさわしい、小さな手だった。しかも、長年、傘に塗る柿《かき》渋《しぶ》を扱ってきたため、肌は粗《あら》く、色も黒ずんでいた。

「え？」

お糸は、なにが起きたかわからないという顔をする。

「わしは、そなたが好きなのじゃ」

と、雪元はかすれた声で言った。

もしも、お糸が、男から何度か本気で言い寄られることがあったなら、雪元の様子が、けっしてふざけているわけではないとわかっただろう。

あいにく、お糸にそうした経験は皆無《かいむ》だった。

「なんて、おっしゃいました？」

「だから、わしはそなたが好きだと。そなたを見ていると、胸が苦しくなる。せつなくなる。だが、見つめられずにはいられない」

片手で握られていたお糸の手が、両手で包まれている。お糸は身を硬くして、

「こんなおかめをからかわないでください」

「おかめなものか」

「おかめです。親からも友達からも言われたし、あたしだって鏡くらいは持ってますから」

「そんなことはない。優しげな顔で、澄ました女より、よっぽど美しいさ」

雪元は、お糸をぐっと抱き寄せ、うなじに唇を這わそうとした。

お糸は振りほどこうとするが、力ではとてもかなわない。巻かれた手に、思いきり噛みついた。

「痛ッ。痛、た、た、た」

雪元は驚いて、手を離した。

お糸は本気で嫌がっている。

そんなことになるとは、思いもよらなかった。情にほだされ、照れながらも、うっとりと自分に身をゆだねてくるはずだった。それからは、たっぷりと寒い冬の日を、蜜のように蠟《ろう》のようになって、過ごせるはずだった。

だが、お糸は必死になって、背を向け、這って逃げようとしている。

雪元はその背にしがみつき、押さえこんだ。

「お糸さん、信じてくれ。本気なんだ」

雪元は、右手を胸元《むなもと》にこじ入れようとし、左手を細い首に絡めた。

「おふざけじゃないよ。御仏《みほとけ》の前で。あたしの亭主の墓だって、この寺にあるんじゃないか。あんた、どのツラ下げて、あたしに好きだなんて言えるのさ」

お糸の口調《くちょう》が、下町育ちの伝法《でんぽう》なものに変わった。雪元への憎しみで、愛嬌のあった顔は、激しく歪《ゆが》んでいる。

「それは、わしの必死の想いが……」

雪元の手に力がこもった。

「ううう……ただの助平心《すけべ》に屁理屈《へりくつ》の言いわけ、くっつけるんじゃないよッ」

お糸の声がかすれた。

「そう言わずに、お願いだから……」

「く、苦しい」

「な、な、お糸さん」

「や、やめ……」

「お糸さん」

「…………」

「どうした、お糸さん」

気がつくと、真っ白い顔になったお糸が転がっていた。

「こ、これは……おい、しっかりしろ、どうした?」

何度も揺さぶったりするが、息は吹き返さない。

「どうしたことだ。なぜ、こんなことに……」

意外な成り行きに、雪元は愕然《がくぜん》となった。

それからすぐに、強い恐怖が襲った。
これでわしの信頼は、たちまち無に帰《き》してしまう。十歳で小坊主になってから
いままで、三十年積み重ねてきた、禅僧としてのわしの信頼や栄誉も……。
――これは、駄目《だめ》だ。こんなことが発覚したら、わしは終わりだ。
恐怖で身体が震える。なにをしていいかわからず、両手を慌《あわ》ただしく、なにか
を撫《な》ぜるように動かし続ける。じっとしてはいられない。座禅のときの、静かな
水面のような心境など、どこへやらだ。
――落ち着け。これはわしのやったことではないと思わせるのだ。それには、
どうしたらいいか、考えろ。
お糸を仰向けにした。
首にうっすらと痣《あざ》ができている。雪元が知らず知らずのうちに力をこめたのだ。
指の跡《あと》までわかった。誰かに絞め殺されたのはあきらかである。
おそらく、お糸はここに来ることを、家の者にも告げている。とすれば、すぐ
にわしにも疑いがかかるだろう。
――首を切ってしまうか？
それでも、遺体が見つかれば、下手人探しになってしまう。

──不慮《ふりょ》の事故にするのだ。この上から、さらに押しつぶして。

突飛《とっぴ》な考えが浮かんだ。

──そうだ。釣鐘《つりがね》を落とせばいいではないか。

お糸の遺体を背負《せお》った。

軽い。せつないくらいに軽い。こんなに軽い身体で、なぜあれほど激しい抵抗ができたのか。それほど、わしが嫌いだったのか。

雪元は情けなかった。「悟《さと》り」を説き、「名僧」などと言われた自分が、色欲に負けて、ひとりの女に、こんなひどいことをしてしまった。

仏罰がくだるだろう。それはしかたがない。甘んじて受ける。

嫌なのは、人から与えられる罰だ。軽蔑《けいべつ》、嘲《あざけ》り、落胆、憐憫《れんびん》……。そんなものは、なにひとつ受けたくない。

──なんとしても、逃げきるのだ。

足をよろめかすこともなく、境内の隅にある鐘撞き堂のところまで来た。

この鐘撞き堂は、先日の地震で鐘を下げていた木などに割れ目ができていた。崩《くず》れる恐れすらある。もちろん、危険だから使っていなかった。

大寺の境内にあるような、目を見張るほど大きな鐘ではない。小さな鐘撞き堂に収まった、こぶりの鐘である。ちょうど、抱きかかえられるくらいの大きさだ。だが、大きな鐘に負けない、底ごもりのするいい音を鳴らした。

その鐘の下に、お糸の遺体をうつぶせの姿勢に寝かせた。

乱れた着物をていねいに直した。裾《すそ》の乱れを直すとき、ふたたび欲情しかけたが、さすがにそれは耐えた。

それから、応急に補強しておいた木を取りのぞき、割れかけた梁《はり》に綱をかけ、ぶら下がるように体重をかけた。さらに、両足ではさみこむようにして鐘を揺すった。ぎしぎし、みりみり、と恐ろしい音がしはじめた。木屑《きくず》が、ぱらぱらとかかってくる。

雪元が逃げるのと同時に、ばきばきっと木が割れ、鐘はどすんと地面に落ちた。

地面で、ずいぶん衝撃は吸収されたが、それでもこれが町中なら、地響きで近所を驚かせたことだろう。落ちた鐘は見込みどおり、お糸の遺体の首を潰した。

血が飛んだ。雪元のいる方向とは違ったが、思わずのけぞり、腰を抜かした。

顔は見えないが、さぞかし凄惨《せいさん》なことになっているだろう。

どうにか、これで絞殺された証拠は消えた。

見たくはなかったが、もう一度、遺体を眺めた。

「おっとっと、下駄を忘れた」

これでは、寺までは履物をはいてきて、鐘撞き堂まで裸足《はだし》で来たことになってしまう。そんな馬鹿な話はない。

玄関に脱いであった下駄を持ってきた。前半分にかわいい覆《おお》いがついた塗り下駄である。左右を逆にしないよう、注意して履かせた。小さな足。ただでさえ小柄なのに、足はもっと小さい。子どものそれのようである。

「そうだ……」

下駄の足跡がないのは不自然である。手に持ち、鐘撞き堂のところまで、足跡をつけた。お糸は小柄だから、足跡の間隔にまで気をつけた。

完璧《かんぺき》だった。

あとは、自分がここにいなければいい。

いや、ただ、いないだけでは駄目だ。この事故が起きた時刻に、自分がここにいなかったとなれば、もはや疑惑が生まれる要因はなにもなくなる。

自分がここにいなければ……。

それから四半刻ののち、雪元和尚は、金能寺から四町ほど南に行ったところにある、柿坂《かきさか》という檀家の家にいた。あるじの柿坂伝兵衛《でんべえ》は、寺島村きっての豪農で、囲碁が大好きである。そのため、ここにはいつも、近所の碁好きが顔を出していた。

現に、このときもふたりほど客があり、伝兵衛が相手をしていた。雪元が顔を出すと、相手が来たと喜ばれ、見物していたほうの客と盤に向かいあった。

手が進みかけたときである。

ごぉおおおーん。

と、遠くで鐘の音がした。暮れ六つの鐘にしては早い。

「あっ」

と、雪元が大きな声をあげた。伝兵衛と客のふたりも、何事かと雪元を見た。

「誰だろう。壊れていて危ないから、鐘は撞いていかんと、張り紙もしておいたのに」

と、雪元は言った。

「また鳴ったら、注意しにいかなければなるまい。お堂が崩れて、下敷きにでもなったら大変だからな」

と、耳を澄ました。

だが、鐘撞きは一回で終わったらしい。

やがて、飲み食いがはじまった。碁の客はこれを楽しみに押しかけている節《ふし》もある。

雪元は一応《いちおう》、酒は飲まないことになっているが、般若湯《はんにゃとう》というお馴染みの言いわけもある。手酌《てじゃく》こそしないものの、勧められた分は、きっちり飲み干した。

途中、寺男の弥助がやってきて、

「和尚さま。佐野屋のお糸さまが戻らないといって捜しているのですが。金能寺に来ているはずだと」

「今日は来ておられぬぞ。わしも来ると聞いていたのでしばらく待ったが、来なかった。どこかで、買い物でもしてるんじゃないのか」

雪元は怪訝《けげん》そうに言った。

「いや、夕方、店で人と会う約束をしていたから、帰ってくるはずだと」

「そうか。そろそろ暗くなってくるから心配だな」

と、雪元はお膳の上を未練《みれん》そうに眺め、立ちあがった。

それからまもなくして――。

金能寺の鐘撞き堂で、お糸の息子、要右衛門によって、なんとも惨《むご》たらしいお糸の遺体が発見された。

二
「父上、ごめんなさい」

布団を片づけている亀無剣之介《かめなしけんのすけ》の後ろで、おみちが泣きながら詫《わ》びた。

今朝も、おねしょをした。昨日、おねしょをした布団がまだ乾いていないので、剣之介は自分の布団の中で寝かせたのだが、そこでもしてしまった。

「よいよい。そんなことで泣くな」

「だって、したくないのに出ちゃうんだもん」

「大丈夫だ。そのうち慣れるから。父上なんぞ、十二のときまでおねしょをしてたからな。あんなものはやったら大変だと思うから、しちゃうんだ。どんどんしようと思ったら、逆におさまるもんだぞ」

おみちはなだめられ、朝食の準備ができている居間のほうに歩いていった。

こんなふうに、剣之介がおみちを叱ることはまずない。男手《おとこで》ひとつで育てていると甘やかしてしまうぞ、と言われることもあるが、自分が子どものころは、おねしょで叱られ、のろまなことで叱られ、ある年頃《としごろ》になると、今度は学問の出来《でき》がひどくて叱られた。ずっと、親から小言《こごと》ばかり言われてきた気がする。

子どものころを振り返ると、なんだかあまり幸せだった記憶がないのだ。

しょせん、完全な人間など、どこにもいないのである。よほど、ひどいことならともかく、子どもはこうるさいことなど言わずに育てようというのが、亀無剣之介の方針だった。

ただし、おみちには寛容《かんよう》なことを言ったが、実際、昨日まで天気が悪かったので、布団がなかなか乾かない。

雨が降ると困るので、廊下の梁《はり》に物干し竿を渡し、布団をかけるようにしている。昨日の布団は乾いていないどころか、そこら中に小便の匂いが満ちていた。

「そうだ……」

火鉢《ひばち》を近づけて、炭火の熱で温めようとした。すると、ちょっとうつむいたはずみで、髷《まげ》に火がついた。

「あちちち……」

もともとちぢれっ毛で、髷がぴしっと決まらず気にしているのだが、半分ほど焦げたものだから、もっとすごい頭になった。

「なんだよ。まいったなあ」

ぶつぶつ言いながら、板戸を開けた。さっと、明るい朝の光が飛びこんでくる。今日は快晴らしい。

濡れた布団を抱え、庭に出た。物干しに布団を干す。まさか、親子で寝小便とは思われないだろうな……。

「ここだ、ここだ」

通りから切羽《せっぱ》詰《つ》まったような声が聞こえてきた。

「ここが、松田重蔵《まつだじゅうぞう》さまのお屋敷だ」

亀無剣之介は、北町奉行所の臨時《りんじ》廻《まわ》り同心である。

住まいは言わずと知れた、八丁堀《はっちょうぼり》。剣之介の隣には、北町奉行所与力《よりき》、松田重蔵が住んでいる。もちろん、広さは違う。亀無家は百坪足らずだが、松田家は三百坪強。門や屋敷にも、与力の風格が漂《ただよ》っている。その松田重蔵の家に、町人たちが急いで駆けこんでいくのが見えた。

――なにがあったのか。

朝っぱらから、奉行所ではなく、直接、町人が与力の家を訪ねてきた。よほど、重大な頼み事なのか。

なんだか、嫌な予感がした。

それから朝飯を食べ、奉行所に出仕《しゅつし》しようとしていると、案《あん》の定《じょう》、志保《しほ》がやってきた。志保は松田重蔵の妹で、剣之介とも幼なじみである。

松田重蔵も、いまでこそ剣之介にとって上司だが、子どものころはいつも一緒に遊んでいた友達なのである。

松田重蔵は、江戸の町娘たちがきゃあきゃあ騒ぐくらいの美男である。その妹である志保は、もちろん顔立ちは整《とと》のっているが、派手《はで》な美人ではない。こぢんまりまとまった、剣之介が思うに、

——つゆ草のような……。

美人であった。その志保が、

「剣之介さん、兄が急いで来てくれと」

と、やわらかい笑みで告げた。

「やっぱりなあ」

松田家に行くと、さきほど駆けこんでいった町人たちを紹介された。

浅草橋場町にある傘屋、佐野屋の跡取り息子の要右衛門。小柄《こがら》だが、十六になったという。

佐野屋の番頭の信助《しんすけ》。四十前後といったところである。

そして、もうひとりは、要右衛門の叔父で、船宿のあるじの和蔵《かずぞう》。

この三人は、昨日の夕方近くに起きた事件について、お調べを頼みにやってきたらしい。佐野屋は、松田家と代々、親しくしてきた西海屋という小間物《こまもの》問屋と、親戚筋なのだそうだ。

つまり、なにやら面倒な事件の処理を、親類のつてをたどって、頼みにきたわけである。松田重蔵の脇には、菰《こも》をかぶった酒樽《さかだる》と、小さな包みが置いてあった。包みの中身は開けなくてもわかる。

「亀無。佐野屋のおかみで、お糸さんという人がな、寺島村にある金能寺という寺の鐘に、首をはさまれて亡くなったのだ」

と、松田重蔵は言った。

「鐘に首を？」

どういうことかわからない。

「ほれ、この前、地震があったろう」

「あ、はい」

かなり強く揺れた。剣之介の家では、へっついがひとつ割れ、裏手の土壁が落ちた。

　それでも八丁堀全体では、さほどの被害はなかったが、深川や両国では、火の見櫓《やぐら》が倒れたところもあったという。寺島村は両国の近くだから、被害も大きかったのだろう。

「地震で鐘撞き堂が崩れかけていたところに、お糸さんが鐘を叩いたらしい。それで、がらがらっと崩れ、鐘の下敷きになったわけだ」

「それは不運でしたな」

と、剣之介は三人に軽く頭を下げた。ただし、下げながらも、番頭と叔父の表情をさりげなく確かめた。どちらも、誠実そうな人物に見える。

　番頭の信助が、松田の言葉を引き継いだ。

「おかみさんは、亡くなった旦那《だんな》さまのお墓の相談をすると言って、金能寺に行ったのです。ところが、雪元和尚は、おかみさんが来なかったので出かけてしまったとおっしゃいます。では、おかみさんはなんで遅れていって、寺の中ならともかく、吹きっさらしの鐘撞き堂などで、和尚さんを待たなければならなかったのでしょう?」

　番頭の言葉に、要右衛門の叔父がうなずいた。

「そう。なにか、不自然なんです。遅れてお寺に行く前に、お糸がどこで、なにをしていたのか、まるでわからないんです」

「では、あなたがたは、お糸さんは事故ではなく殺されたのではないかと？」

剣之介が訊ねると、あまり確信がありそうでもなかったが、

「はい」

と、かわるがわるうなずきあった。

「それにしても、お寺絡みですか……」

寺や神社の中の探索は大変なのである。管轄《かんかつ》が違うので、町奉行所の人間は、おいそれと乗りだせない。

担当は寺社奉行である。ただ、寺社方には与力や同心などもおらず、犯罪に対する備《そな》えはない。そこで、手続きを踏み、町奉行所の協力を請《こ》うことになる。

「管轄の件は大丈夫だ。すぐに寺社奉行とは話をつけ、書き付けは中間《ちゅうげん》に届けさせる。この事件、そなたに担当してもらうぞ」

松田重蔵はそう言った。なかば予想していたので、剣之介は驚かない。だが、三人は、露骨《ろこつ》に不安そうな顔に変わった。

とくに、跡継ぎの要右衛門などは、剣之介の変わった頭をじっと見ている。

剣之介の髪はちぢれっ毛なのである。このため、なかなかすっきりした髷におさまらない。ちぢれっ毛の頭は、それほどめずらしくないが、八丁堀にはあまりいない。

しかも、同心たちは、小銀杏《こいちょう》と呼ばれる小さくてすっきりした髪型を自慢にしている。剣之介の場合、このかたちに、なかなかならないのだ。

髷からカビでも吹いたみたいに、ちりちりぽしゃぽしゃしている。だらしなくて、仕事もいいかげんそうに見えてしまうのだろう。

「おいおい、亀無は見た目こそ悪いが、捕物の腕はわしの次くらいにあるぞ」

と、気配《けはい》を察したらしく松田重蔵が言った。

「そうですか」

番頭が少しだけ安心したふうに、

「お調べの進み具合などは、松田さまが目を通してくださるので？」

と、さらに訊いた。

「それはもちろんじゃ。調べの途中には、かならずわしの推測を伝えることにしている」

「それなら安心です」

三人はいっせいに頭を下げた。

松田の推測とやらのすごさを知っている志保が、向こうの部屋で、声も出さず苦しそうに腹をよじるのが見えた。

こうして、亀無剣之介が、調べを担当することになったのである。

三

それから、二刻（およそ四時間）ほどして――。

金能寺の本堂で、雪元は座禅を組んでいた。寒かった昨日とはうってかわって、師走とは思えない暖かな日差しである。障子戸も開け放したままだった。

座禅は、朝の粥《かゆ》を食べたあと、すぐにはじめた。それからずっと続いている。

集中できないかと不安だった。昨日の思いがけない出来事で、精神はしばらく動揺し続けるのではないかと思っていた。

まずは姿勢を作る。すると、いつもの習慣が、すぐに精神を禅のほとりまでいざなってくれた。あとは、そっと、心を浮かべるだけである。

心は浮いた。無念であり、無想である。

こうなると、時《とき》の感覚もない。二刻ほど過ぎたか。いや、まだ四半刻ほどなのか。夜も昼もない。上も下もなく、陰も陽もない。

不安は消え、あらゆるものに執着《しゅうちゃく》しない気持ちが訪れた。やはり、しばらくは煩悩《ぼんのう》の中にあったのだと思う。

やがて、瞑想の中に、妙なものが現われた。

もやもやっとしたもので、鳥の巣のようなものだろうか。

得体《えたい》は知れないが、嫌なものではない。

すぐ近くにあるのか。あるいは、はるか天空の彼方《かなた》にあるのか。目を見開けば、確かめることはできるのだろうが。

まだ、瞑想は解けない。

だが、もう終わらせなければならないという気持ちもある。

縄を振りほどくように、

――喝ッ。

と、おのれに声をかけた。

「やあ、お目覚めですか？」

縁側で、たわけたことを言う男がいた。いま、履物をはいたような仕草をしたから、さっきまでこの部屋の中にまであがりこんでいたのかもしれない。ややもやっと見えていたのは、この男の髪の毛だったらしい。

「お目覚めだと？」

雪元は、侮辱しているのかと思った。だが、男の表情に傲慢《ごうまん》なものはない。むしろ、気弱そうな、少し媚《こ》びたふうにも見える笑みがあった。

「あ、寝てはいなかったのですね」

「そなた、この姿勢を見てもわからぬのか」

禅のときの結跏《けっか》のかたちになっている。

「あ、それはもしかして、座禅というやつですか」

「もしかしなくても座禅じゃよ」

「そうでしたか。初めて見たもので。うちは、真宗《しんしゅう》でして。もっとも、真宗のお経《きょう》だって、ろくろく覚えちゃいないのですが」

「それは、罰があたるな」

「そうですか」

いきなり表情が暗くなった。

この手の男は、煩悩をしこたま抱えて、日々の暮らしも身動きができなくなっているのだ。ひとことで言えば、俗人。あるいは、愚者《ぐしゃ》。

何者であるかは、ひと目でわかる。五つ所の紋付羽織《もんつきはおり》に、着流し。刀の後ろから は朱房の十手《じって》がのぞいている。

いわゆる八丁堀。町方の同心である。

庭の隅には、この男が連れてきたらしい中間《ちゅうげん》が、ぼおっと立っている。この同心の家来にふさわしく、いかにも気が利かないふうである。

「北かい、南かい？」

と、雪元は助け船のように尋ねると、

「あ、申し遅れました。北町奉行所の同心で、亀無剣之介と申します」

顔が明るくなった。どうにも単純な男らしい。

「町方がなんの用じゃな。寺社方の中には立ち入らぬはずだぞ」

「ええ、ちゃんと寺社奉行のお許しはいただいてきましたので」

と、懐《ふところ》から書き付けを出そうとした。すると、端《はし》を刀の鍔《つば》あたりに引っかけたらしく、べりりと音を立てて破《やぶ》れた。

「あ、まいったなあ」

なんだ、この馬鹿者は……。思わず一喝したくなったのを、雪元はどうにか我慢した。大事な書類を、鼻紙のように無雑作《むぞうさ》に突っこんでくるところも、無神経きわまりない。

「もう一度、もらってきますよ」

「よいよい。そんな形式上のことに、わしはこだわらぬ」

そう言うと、

「それは、それは。はっはっは」

と、亀無は嬉しそうに笑った。ずっと話していると、頭が痛くなってきそうな男である。

「それで、用件はなんじゃ？　わしは忙《いそが》しいのでな」

「ええ。じつは、昨日の佐野屋のお糸さんの件なんですが……」

「それが？」

「妙な死に方だと聞きましてね。まあ、そんなことがあると、さすがに寺社方のほうも、町方に調べを依頼するものなのです。それで、おいらが担当にさせられたのですが」

「そなたが担当か」

雪元は、内心で思わず微笑《ほほえ》んだ。いや、微笑むどころか、誰もいなかったら、哄笑《こうしょう》していたかもしれない。この男が担当なら、お糸殺しの下手人はおろか、猫殺しですら捕まえられっこない。

「それで、一応《いちおう》、現場をのぞくだけは、しておこうと思ったのです。でも、片づけてしまったのですね」

と、亀無は左のほうを見た。

鐘撞き堂は山門をくぐって、左手の丘にある。ここからはまったく見えない。

「また、誰かが怪我《けが》したらまずいのでな。だが、鐘をどかしただけで、とくにいじったりはしておらぬぞ」

「そうでしたか。それは助かります。ただし、現場をあらためて見ますと、やはり妙だなと思いました」

「妙ってなにがかな」

雪元は少し緊張したのを、なにげない笑顔でごまかした。

亀無は、さっきの書類とは別の、絵図らしきものを、今度は背中のあたりから取りだした。この男は、いろんなところにものを入れるのが好きらしい。

「これこれ。まあ、見てください。現場で遺体を見た人に訊いたことを、こうやって絵図にしてみたのです」

釣鐘があり、首から先は鐘の下敷きになっていて見えない。それにしても下手《へた》くそな絵で、釣鐘など事情を知らなければ岩にしか見えない。

「これは釣鐘だね。岩ではないな？」

「ええ、釣鐘ですよ」

と、亀無はうなずき、筆入れを取りだして絵図に「かね」と書き足した。これも、絵にまったく負けない下手な字だった。

「ご住職は、お糸さんの遺体はご覧になりました？」

「ちらっとだけな。かわいそうで、とても直視できなかった」

「そりゃあ、ひどいもんだったらしいですね。いや、それはともかく、落ちてきた鐘にちょうど首のところがはさまれていたのですが、鐘が落ちたからといって、そんなふうにうまくはさまるのかなと。そう思ったんです」

「はずみというのは恐ろしいものだからな」

「そうですかねえ。わたしには、まるでお糸さんが首を突きだしたまま、地面に寝そべっていたとかしか思えないんですよ」

雪元は目を丸くして、亀無を見た。

「どういうことかな」

「つまり、鐘が落ちてきたときには、もう亡くなっていたのではないかと」

雪元は一瞬、胸が詰まったような気がした。

だが、亀無は知ってか知らずか、きょろきょろ寺の内部を見まわしている。落ち着きがない。話もどこで止まり、どこではじまるのか、よくわからない。

「そなた、悩みがあるのではないかな？」

おそらく、こういう男は職場でも疎外《そがい》されたりして、うまくいっていないに違いない。口を開けば、愚痴《ぐち》がぞろぞろ出てくる。

亀無をどうにかうまく、わしの懐《ふところ》に飛びこませてやろう。雪元はそう思った。

「そりゃあ、もう」

「どんな悩みかな？」

「ええと、まず今日の悩みだけを言いましても、娘がふた晩続けておねしょをしまして……。おいらの髪の毛が焼けちまったのと、出がけに草履《ぞうり》の鼻緒が切れて、すげなおすために破いた布が、借りていた風呂敷《ふろしき》だったりしまして……。しかも、さっきは寺社奉行の書き付けを破いてしまいました。どうも、今日は朝から悩むことばっかりです」

亀無のこの返事を聞いて、雪元は指をこめかみにあてた。

「それは、たいした悩みだな」

「なにか、罰でもあたってるのでしょうか？」

「うむ。そなたのような男は、出家したほうがよいかもしれぬ」

雪元はニヤリと笑いながら言った。すると亀無は、

「出家ですか……」

と、考えこんだ。冗談も通じにくいらしい。

「まあ、急に言われても困るだろうから、とりあえず座禅をやってみてはどうかな」

「ああ、それは一度やってみたかったんですよ」

「では、どうだ。坐るか？」

「あ、いや。いまはまだ用がありますから。あ、そうそう、簪《かんざし》がなかったんです」

亀無は思いだしたように言った。

「えっ、簪だと」

お糸は簪をしていただろうか。

あのときの顔を思いだそうとしてもわからない。

「お糸さんは簪が好きで、まず、忘れることはないんだそうです。鐘撞き堂のまわりを探してみたんですが、なかったですねえ。こちらの本堂に落ちていたということはないですか」

亀無は、いまにもあがってきそうに、本堂の畳の上をきょろきょろと見まわしている。視線が隣の茶室のほうに向かう。

雪元は、自分の顔から血が引いていくのを感じた。


この日の夕方――。

浅草橋場町の佐野屋で、お糸の葬儀がおこなわれた。店は閉められ、奥の八畳間、六畳間、十畳間の襖《ふすま》を取り払い、長い大広間にして、ここに弔問客たちの膳を並べた。

むろん、お経をあげるのは、名僧の誉《ほま》れ高い雪元である。その朗々《ろうろう》と響く読経《どきょう》は、お経であることを忘れて、弔問客がうっとりと聞き惚《ほ》れるほどだった。

とどこおりなく、葬儀は終わった。

雪元は、広間の中に亀無の姿を探した。読経の前に、ちらりと見たのだが、いまは見あたらない。

佐野屋の外に出たとき、斜《なな》め前にある団子屋《だんごや》で、団子を頬張っている亀無を見つけた。

「亀無さんではないか」

雪元は声をかけた。

亀無はしまったという顔で、

「これは、恥ずかしいところを見られてしまいました」

と、ぽしゃぽしゃの頭に手をやった。

「そうそう、お渡ししたいものが見つかったのじゃ」

「なんでしょうか？」

「これだよ」

雪元は、袂《たもと》から簪《かんざし》を取りだした。

「落ちていたのだ。お糸さんのものではないか？」

「どこにありましたか？」

「鐘撞き堂に行く途中の道だ。草むらになっていて、わかりにくくなっていたのだが、日差しが高くなったら、キラキラ光っていたのでわかったのじゃ」

本当は違う。

本当は、本堂の隅に落ちていたのを、亀無がいなくなったあと、必死で探して見つけたのである。障子《しょうじ》の桟《さん》の陰に隠れて、見えにくくなっていた。

ギヤマンの、なかなか凝《こ》ったものである。こんなものをしていたとは知らなかった。もしも、本堂で見つけられていたら、お糸がそこに入っていたことになる。雪元への疑惑は、ますます濃くなってしまう。

「見つけた？　これを？」

亀無は喜ばない。ゆっくり首をかしげた。

「なんだ、その顔は？」

「いや、じつはね、ないと思った簪《かんざし》ですが、お糸さん、やっぱりしてました」

この亀無のはっきりしない返答に、胃がひっくり返るような気分になる。

「こぶりの地味《じみ》な簪だったもので、うっかり見逃《みのが》したんですよ」

「どういうことだ？」

「たいした調べだのう」

雪元は精一杯《せいいっぱい》の嫌味を言った。

「なあに、気味《きみ》が悪くてね。いくらはさまれたのは首でも、急にすごい力がかかるでしょう。血がいっきに首から上に行き、顔までが、破裂したみたいになるんですよ。たとえ、どんな美人だったとしても、ああなるとねえ。うっぷ」

亀無が戻すようなふりをしたので、雪元はあわてて一歩下がった。

「じゃあ、わしは帰るぞ」

踵《きびす》を返した雪元を呼び戻すように、亀無が訊いた。

「でも、昨日はなかったはずなのに、どうしてそんなものが落ちてたのでしょうね？」

「檀家の者が落としたのではないかな」

雪元は視線がさまよっているのを、自覚した。あわてているのだ。

「それって、ほんとは道ではなく、本堂にありましたでしょう？」

「いや、坂の手前に」

「おかしいな。じつは、おいらが置いたのは、本堂の障子の桟《さん》の裏だったのですが」

「なんだと」

「だから、それは、おいらが置いたんです。お糸さんがしていたのとは別に、おいらが買ってきたものなんですよ」

「な、なんのために、そんなことを？」

雪元の声がかすれた。

「いやあ、誰かあわてる人がいるかなと思って」

亀無が意外にも寂《さび》しげな顔で言った。

四

佐野屋からの帰り道、剣之介は憂鬱《ゆううつ》だった。

――また、やってしまった。

簪《かんざし》のことである。つまり、あれは引っかけだったのだ。

これで、雪元への疑いが、きわめて濃厚になった。

引っかけようと思ったのは、佐野屋で聞いた、お糸の幼なじみの言葉がきっかけである。

「お糸ちゃんは、一度、ぽつりと、雪元さまって気味《きみ》が悪いところがあると、言ったことがありました」

「気味が悪い?」

「ええ。だから、あんなに偉いお坊さんを気味が悪いだなんて、なに言ってんのって訊いたんです。そしたら、ときどき、じっと見つめられるんだって。説法のときなども、気がつくと視線が合ったりするって」

「ほう、お糸さんは美人だったんだ？」

と言うと、その幼なじみは、

「ぷっ」と吹いた。

「おや」

「いい人だったですよ、お糸ちゃんは。優しくて、人を裏切るようなことなんか絶対にしないし。それから、気も利いたし、働き者だったし。人柄《ひとがら》については、いくらでも褒めます。でも、美人かって言われたら、誰に訊いても困ってしまうんじゃないかな。だから、お糸ちゃんも、あたしになんか霊でも憑《つ》いていて、それで雪元さまが見てるのかもしれないって言ってましたよ」

「ほう、霊ねえ」

理由はともあれ、お糸が雪元を気味が悪いと言っていたことが、雪元を疑ってみるきっかけになったのだ。

橋場の佐野屋を出て、剣之介は白髭《しらひげ》の渡しから、舟で対岸に渡った。そこから畦道《あぜみち》を歩く。ここらはとにかく池が多い。荒川——隅田川も上流になってくると荒川なのだ――が氾濫《はんらん》するたびにできていったらしい。

池の周囲には、芒《すすき》や萱《かや》が生い茂《しげ》っている。こういう池に重石《おもし》をつけて沈められたとしたら、亡骸《なきがら》はまず見つからなかったかもしれない。だが、下手人は池には沈めず、鐘で首を潰《つぶ》した。

なんのために？

おそらく、なんとしても事故死にしたかったのだろう。

雪元が鐘の音を聞いたという檀家にも立ち寄った。柿坂伝兵衛という、ここらの庄屋である。裕福な農家らしく、玄関に入ると、檜《ひのき》の匂いに包まれた。

中では、三人ほどが碁盤を前に、酒を飲んでいた。剣之介は内心、まだ日差しが残っているではないかと、むっとした。だが、気が弱いので、そういうことはなかなか言えない。

もっとも、男たちも気がひけたらしく、あわてて碁盤と酒を後ろ手で隠した。

「金能寺の鐘が鳴ったとき、本当に和尚はここにおられたのだな？」

と、剣之介は伝兵衛に訊いた。

「それは間違いございませんよ」

この檀家から寺までの距離は、四町ほどである。

「ふうむ。それだと鐘の音を聞いてから、ここを急いで飛びだしたとしても……」

「亀無さま。急いで飛びだすって、どういう意味でございましょう？」

「いや、雪元が鐘の音を聞いたあと、合図だと思い……」

剣之介はもごもごと言った。

「もしかして、和尚さまを変なふうにお疑いになっているので？」

と伝兵衛は呆《あき》れたように訊いた。

「いや、なに、その……」

「だって、和尚さまは、お糸さんが亡くなった鐘撞きのときまで、ここにおられましたよ」

「あ、そうだな」

伝兵衛だけでなく、ほかの者も微妙な顔でうつむいた。みな心の中で、この同心は大丈夫だろうか、と思ったに違いない。

「気づかれずに、ここと寺を往復するのは無理か？」

「いやあ、ずっとおられましたから」

「鐘は、何回鳴ったのかな」

「一回だけですよ」

「一回だけでは、すぐに消えてしまって、どこの鐘かわかるまいよ」

「いいや。毎日のように聞いている鐘の音ですもの。ゴーンと叩いたあとの、ウォーンという響きだけでもわかりますよ」

伝兵衛がそう言うと、脇にいたふたりもうなずいた。この者たちは、そのときも一緒だったという。

「そういうものか」

耳の錯覚《さっかく》とは言えないのか。

柿坂家を出ると、剣之介はあたり一帯をぐるぐると、暗くなるまで歩きまわった。雪元はすでに、金能寺に戻ったかもしれないが、今日はもう会う気はなかった。会ったとしても、追いつめる手段が見つからなかったのだ。

へとへとに疲れて、八丁堀の役宅に戻ると、松田家の中間《ちゅうげん》がやってきて、松田重蔵が呼んでいると告げた。

「飯もまだ……」

断る姿勢を示すと、志保さまがご用意しておられます、と中間が答えた。剣之介はその返事を聞き、いそいそと隣に向かった。

「どうだ。目鼻《めはな》はついてきたか？」

「それが……」

と、剣之介はまず、簪《かんざし》で引っかけてみたことを話した。

「ほう。下手人は雪元で決まりだな」

松田はいきなり決めつける。

「いやいや、そうあわてずに。いくら雪元が怪《あや》しくても、いまの段階で下手人と断定することはできません。よそから下手人が入りこみ、お糸を殺して逃亡したことも、まったくないわけではないのですから」

「だが、あのあたりには、ほとんどよそ者は入らないぞ。それに岡っ引きたちも、怪しい人物を見かけたという話は、まったくつかんでいないらしい」

剣之介には内緒《ないしょ》で、岡っ引きを何人か動かしているのだ。だが、松田重蔵は隠し事のできない男で、いつもこうしてぺろっとしゃべってしまう。

「動機のこともあります。雪元は美男でも知られた坊主で、言い寄ってくる女もずいぶんいるみたいです」

「ふん」

松田は、おれと比べたら、どっちがいい男かというような顔をした。

それは間違いなく、松田重蔵であろう。見た目だけで言えば、松田ほどのいい男は、まず見たことがない。

「お糸のほうは、これは誰が見てもおかめだったようです。お糸は、ときどき雪元が自分を見つめているのを感じたらしいのですが、その理由は、自分になにか霊がついていて、それが雪元には見えているのではないか、そんなふうに思っていたそうです」

剣之介の話の途中で、志保が夕飯の膳を持って入ってきていた。

「霊とのう。その霊を退治するつもりが、お糸のほうを殺してしまったのか……」

「いや、あのあたりの者にも聞きましたが、雪元はつねづね、幽霊の存在を厳《きび》しく否定していて、そのような怪異《かいい》はありえないだろうと言ってたそうです」

剣之介はそう言って、膳の上の箸《はし》を手に取る。一刻も早く、腹になにか入れたかった。

膳の上には、飯のほか、冷ややっこと、おから、沢庵、油揚げの味噌《みそ》汁が並んでいた。豆腐づくしだと思ったが、いかにも志保らしい献立《こんだて》でもあった。志保はこまやかに見えて、思いきりがさつなところもある。

剣之介は食いながら、

「すると、雪元の動機もわからなくなってくるのです。雪元がお糸を殺しても、得るものなどほとんどありません」

「ふむ。まあ、動機はそなたが適当に探せ」

「適当に……」

剣之介は箸を落としそうになった。

松田は気にもせず、無遠慮《ぶえんりょ》に手を伸ばし、剣之介の膳から沢庵をふた切れ――それしかなかったのに――つまんで、いきなり口に入れてしまった。唯一の豆腐以外のおかずは、これで消えた。

「まあ、わしが手助けしなければならないのは、やはり謎の核心のところだろうな。なにか、仕掛けがあるのだろう？」

「ええ、仕掛けと言えるかどうかわかりませんが……」

と、剣之介は、檀家にいて雪元が鐘の音を聞いたことを語った。

「なるほど、雪元には、できないというわけか」

「はい」

松田重蔵が考えこんでいるので、剣之介はそのあいだに、必死で飯を片づけた。いつまでも置いておくと、なにもかも食われてしまいそうだった。

「あっはっは。そうか、なるほどな」

松田がいきなり大きな声をあげた。

「口真似《くちまね》だな、それは」

「えっ、口真似……」

夢にも思わなかった謎解きである。

「唇を動かさずに、鐘の音を自分で出したのだ。手妻《てづま》などでそのような芸があるだろう。たしか、志保もできたよな」

志保は子どものときから、曲芸や寄席《よせ》などが大好きで、ときには自分で練習したりもしていた。たしかに、口真似の芸も稽古していたような記憶がある。

「でも、このところ稽古していませんから」

志保が恥ずかしげに言うと、松田はかまわずに、

「じゃあ、向こうで稽古してこい。ますます磨きがかかるではないか」

自分の妹に芸をやってみせろなどという八丁堀の与力も、この松田重蔵だけではないか。普通の武家であれば、芸人じゃあるまいし、そんなことはするなと、下手《へた》したらお手討ちにもなりかねない。

松田のこういう性格は、くだけているとか、人間が途方《とほう》もなく大きいとか、そ

ういう問題ではないような気がする。

剣之介と松田重蔵、そして志保は、子どものころからいつも三人で遊んでいた。

八丁堀には、同じくらいの歳の子が、たくさんいたのにもかかわらず――。

それはなぜか？

答えは数か月前、志保が出した。

――三人は変だったから。

志保はそう言った。そう言われて、剣之介は即座に納得した。

剣之介自身、親からも変人扱いされ、そののち奉行所に出仕してからも、周囲からそんなふうに見られていたのだ。剣之介も志保も、ずっと居心地《いごこち》が悪い思いをしてきた。

だが、すごいのは松田重蔵で、この男ばかりは変人扱いされようが、煙《けむ》たがられようが、まったく意に介《かい》さない。あまりにも堂々《どうどう》と変人ぶりを表に出すため、

「あれは大物。乱世であれば、ああいう男が必要なのだ」

という周囲の評価まで確立してしまったのである。やはり、三人のなかでは松田重蔵がいちばん変わっている、と剣之介は思う。

志保が戻ってきた。自信ありげな顔をしている。

「いいですか」

ボーン、と鐘を撞いた口真似。そこから反響に変わる。

ウォーン、ウォーン、ウォーン。

「おや、金能寺の鐘が……」

と志保は、自分で言って、外に目を向けるようにした。

これを見て、剣之介は思わず下を向いた。笑いたい気持ちと、恥ずかしい気持ちが交差した。やはり、どう聞いても人の声である。鐘を叩いた音にはならない。

しかも、音はすぐ目の前で聞こえた。

だが、松田重蔵はぽんと手を叩き、

「これは、間違いない」と言った。

「…………」

剣之介は、どうしても開いた口をふさぐことができなかった。

五

「ごめんくださいよ」

　剣之介が金能寺の本堂に顔を出すと、経文《きょうもん》でも読んでいたらしい雪元の顔が、嫌そうに歪《ゆが》んだ。名僧と評判の雪元には、あまり似つかわしい顔ではない。

「なんですかな」

「いや、じつはこのあいだ、座禅をやったほうがいいと言われましたでしょう。おいらのような、煩悩《ぼんのう》をしこたま抱えた男は」

「ああ、そう思うがな」

「いろんな考えが行き詰まって、ますます煩悩が溜まってきてまして。これは早く座禅を組まないといけねえ、と思ってやってきた次第《しだい》です」

　剣之介がそう思ったのも、半分は嘘ではない。

簪《かんざし》の件で、雪元が怪《あや》しいと睨んだ。

　おそらく、なにかのはずみでお糸の首を絞めてしまい、それをごまかすため、壊れかけた鐘撞き堂の下まで運び、揺さぶるかなにかして、その鐘を落とした。

　下駄のことも考えたのであろう。しかし、どことなく下駄の歯の跡《あと》が不自然だった。きれいにつきすぎていたのだ。

　だが、これは決定的な証拠にはならない。

　やはり、鐘の謎が、雪元を依然《いぜん》として守り続けていた。

松田重蔵の口真似説と、志保の実演には、心の中でおおいに笑わされた。

だが、だからといって、剣之介がなにかをつかんだわけではない。それどころか、調べは行き詰まっている。

——こんなときは、座禅でも組んで、精神を集中すればよいのではないか。

そう思って、どうせならばと雪元のところに習いにきたのだ。もちろん、いちばんの狙いは、雪元の心に揺さぶりをかけることである。

「では、あがってもらおうか」

「いやあ、緊張しますなあ」

などと言いながら、剣之介はのそのそと本堂にあがった。いっこうに緊張した様子は見えない。

「では、わしの真似《まね》をしたまえ」

と言って、すばやく結跏《けっか》のかたちになった。

剣之介はそれを真似てみる。ぴたりと、そのかたちになった。

雪元が驚いた顔をして、

「そなた、初めてではなかろう?」

「いえ、まったく初めてでござる」

「だが、向きあっているから、そなたは左右逆の動きをしなければならぬ。それが、そんなに早くできるわけはあるまい」

「ああ、それは和尚さま、剣を習った者は、こういうことに慣れているのですよ。師匠とは向きあって教えてもらい、左右逆の動きを覚えるのですから」

「ふん。だったら、剣術遣《づか》いはみな、それが簡単にできると思うか」

「ええ」

「できぬ。誰もがなかなか、かたちを覚えられず、後ろにひっくり返ったりしている」

　雪元はそう言い、自分は立ちあがって、

「目をつむり、無念無想の心に入るのだ」

と、命じた。剣之介は言われるままに、考えようとする気持ちも、ふだんあちこちに閊《つか》えている感情なども、放り投げた。

　意外と簡単になにも考えなくなった。

　雪元は呆気《あっけ》にとられた。

　本当に初めてなのか。もう、気配《けはい》は消えているのだ。ここまで来るのに、普通はどれほどの修行を必要とするだろう。

だが、この男はいきなりできた。もしかしたら、自分の修行の方法は、すべてあやまちだったのだろうか。

一刻が過ぎた。

まだ、気配は現れない。

なんという男か。

雪元は警策《けいさく》という細長い板を持ち、亀無の脇に立った。

「殺しとはなんぞや？」

と、いきなり訊いた。

「何世代にわたって積もる、心に降る雪」

亀無は即座にそう言った。無念無想の答えである。

「では、お裁きとはなんぞや？」

と、雪元はさらに訊いた。

「裁いたつもりで、おのれも裁かれるのだ」

亀無はこれも即座に答えた。

「ならば、亀無剣之介とは？」

雪元がそう訊くと、亀無は逆に訊き返してきた。

「お糸とは？」

「過去よ」

すぐに雪元は言った。

「過去？」

振り向いた亀無の肩が、ぴしゃりと鳴った。警策でかなり強く叩いたのだ。

「馬鹿者。問い返すやつがあるか！」

六

「駄目だなあ」

と、座禅を終えて、金能寺を出てきた剣之介は、思わずつぶやいた。

なにも考えないというのは、ときどきやっていることで、難しいことはなかった。だが、なにも考えなければ、なにもいい考えは浮かばない。

かすかに期待していた死んだお糸の霊も、現れたりはしなかった。

「お糸は？」と訊いて、雪元は思わず「過去よ」と答えたが、それだってたいした手がかりにはなりそうもない。

寺を出ると、寺男とすれ違った。

「あ、たしか、弥助だな？」

「はい」

六十くらいの、白く長い眉が目立つ老人である。

この男も、当然、疑われてもいいのだが、あの日は朝から暮れ六つ近くまで、大畑村の全官寺《ぜんかんじ》というところに手伝いにいっていた。大勢がそれを証言したばかりか、全官寺を出て、金能寺でお糸の遺体が見つかるまで、金能寺の檀家の者が一緒だった。疑いようがない。

「ちと、鐘のことで聞きたいのだが」

剣之介がそう言うと、

「あ、おらは、べつに、なんもしちゃいねえし、なんもわからねえだ」

と、首を激しく振った。いきなり興奮したので、剣之介は、

「いやいや、大丈夫だ。べつに、そなたを疑っているのではなく……」

なんとか落ち着かそうとした。すると、後ろから、

「弥助、弥助はおらぬかぁ」

と呼ぶ声がした。雪元の声である。こちらを見ていて呼びつけたわけではなく、本当に捜しているらしい。

「あ、おら、行かなきゃならねえ。ごめんなせえ」

そそくさと立ち去ってしまう。

「なんだい。愛想《あいそ》のねえ爺ぃだなあ」

首をひねったが、なにか訊き足りない気がした。

剣之介は八丁堀の家に戻ると、もう一度、座禅を組んでみた。どうにも取っかかりがないので嫌になってしまう。

坐るとすぐに、志保が顔を出した。

「あら」

志保の声に、剣之介はすぐに目を開けた。無念無想はたちまち煩悩《ぼんのう》に追い払われる。ただし、無念無想よりも、やはりこっちの煩悩のほうが嬉しい。

「まあ、ごめんなさい」

「いや、いいんです」

「座禅なんて組むんですね」

「ちっとも集中できない。瞑想《めいそう》なんて、おいらには到底《とうてい》できません。それよりも、

た。

おみちは見あたらない。じつは、おみっちゃんのことなの」

「あら、ごめんなさい。じつは、おみっちゃんのことなの」

なにか御用でしたか？」

おみちは見あたらない。婆やに訊いたら、またお隣に行っているとのことだった。

「おみちがなにか？」

「いいえ。昼間、遊んでいて聞いたんだけど、おみっちゃん、おねしょのことで悩んでいるみたいなんです」

「そうなんです。咎《とが》めたりはしないようにしてるんですが、すごく気にしているみたいで」

志保は、ちょっとためらったふうだったが、

「前に聞いた話なんだけど、絵師に葛飾北斎《かつしかほくさい》という人がいたでしょ」

と、切りだした。いかにも大事な話をするといった調子である。

「ああ。たしか、四、五年前に亡くなった……」

「その北斎先生の娘さんに、お栄《えい》さんという人がいましたの」

「それも知ってます。先生が名前を呼ばずに、おうい、おうい、とばかり呼ぶので、自分の名も応為《おうい》にしてしまった……」

「そうそう。その応為さんと面識があって、聞いた話なんですけど、応為さんは二十歳すぎてもずっと、おねしょがやまなかったんだって。それでそのわけは、やっぱり不安な気持ちがあったからじゃないかって言ってたの」

「不安な気持ち……」

「ほら、北斎先生って有名な引越し魔だったでしょう」

「生涯《しょうがい》で九十回ほど引越したとは聞いたことがあります」

「応為さんが言うには、引越しって、子どもにとっては、すごく大きな出来事なんですって。そりゃそうよね。せっかく慣れた住処《すみか》とか、周囲のたたずまいとか、やっとできた友達とか、そういうのが、ぱっとなくなっちゃうわけだもの。全部、消えちゃう。夢だったみたいに消えちゃう。ちっちゃな死みたいなものだって応為さんは言ってた。それで、どことも知らないところに、いきなり連れていかれるのよ。もちろん、子どもの希望なんて通るわけがない。それが繰り返されるうち、なにかいつも、明日、目が覚めると、また、この世界が変わってしまうんじゃないか、そういう不安がつきまとっていたんだって。それで、おねしょをするようになったのも、おそらく、そうした引越しの恐怖のせいだったんじゃないか、と言ってたんです」

おいらも十二のときまで、と言おうとして、危《あや》うくとどまった。

子どものころが、けっして毎日楽しくて、生き生きとしていたわけではないことは、自分を考えてみてもよくわかる。志保も、そしていまはあんなになってしまった松田重蔵にも、その思いはあったに違いない。

おみちは、三年前に母を亡くした。まだ、言葉もそれほど話せないころだったが、いちばんよりどころにしていたものが消えてしまったのだ。悲しみというよりは、恐怖の感情だったかもしれない。

婆やに来てもらい、剣之介も勤め以外はできるだけ、おみちと一緒にいるようにしている。それでも、母親の代わりは務まらないのだろう。

剣之介がぼんやり、そんなことを考えていると、

「今晩、おみっちゃんを、うちに泊めてみてもいいですか?」

と、志保が訊いた。

「え?」

「あたしが、おみっちゃんのお母さんの代わりになれないのは、わかってます。でも、いろいろ試してみて、もし今晩おねしょをしなかったら、おみっちゃんも

自信がつくんじゃないかしら。そうなったら、悪いことにはならないでしょ」

「ううむ……」

剣之介は迷った。

もし、おみちがそれで安心し、おねしょが止まったとしても、しょせん志保は、南町奉行所定町廻《じょうまちまわ》り同心、大高晋一郎《おおたかしんいちろう》の妻であり、いつ戻っていくかわからないのだ。

いまは夫婦のあいだに、なにか気持ちの行き違いらしきものがあるらしく、松田家に帰ってきているが、むしろよりを戻す公算のほうが強いのではないか。

そのとき、打ちひしがれるおみちに、もっと大きな不安が訪れたりはしないだろうか。

「おみちにはそのことを？」

「おみっちゃんが泊まりたいって言ったんです。それで、お父上がうんと言ったらねと」

これで断れば、父を恨《うら》むではないか。

剣之介はしぶしぶながらも、おみちをひと晩、預けることにした。

婆やが用意した飯を、ひとりで坐って食う。いつものように、めざしと沢庵と、冷たくなった飯である。

ちょうど、どこかの鐘が鳴った。暮れ六つの鐘である。

「鐘は上野か、浅草か」

なんの気なしに、そんな言葉が口をついて出た。

芭蕉《ばしょう》の句だった。

たしか、芭蕉はそれを深川の万年橋《まんねん》のたもとにいるときに、作ったのではないか。深川からだと、上野と浅草はいくらか離れている。どちらから聞こえるのか、区別がつかないのだ。

——待てよ、待てよ。

剣之介は箸を置いた。

たしか、柿坂の家の前には、土蔵があった。音はあの壁にも反響して、彼らがいた部屋に飛びこんでくるはずだ。

すると、鐘がどこからのものか、特定するのは意外に難しいのではないか。

金能寺のあたりに、ほかに寺は……。

弥助が全官寺という寺にいて、暮れ六つごろに戻った。

全官寺は逆の方向だったので、まったく度外視《どがいし》していたが……。

翌朝――。剣之介は急いで、寺島村の金能寺へと向かった。歩きだしたとき、後ろから志保が、

「おねしょ、しなかったですよ」

と、小さく叫ぶ声が聞こえた。

七

「弥助はどこに？」

と訊いた剣之介に、

「あれは故郷に帰りたいと言いだしてな」

雪元がしらばくれた顔で答えた。

「急なことですな」

「いや、急ではないのだ。前から頼まれていたのだが、どうしてもと言い張ってな」

嘘だ。剣之介は思った。

都合が悪いから追いだしたのに違いない。長年、勤めた老いた寺男を……。

「いつですか?」

と、怒ったように訊いた。

「ついさっき、まだ半刻にもならないな」

「弥助の故郷というのはどこです?」

「それがな、よくわからんのだ」

「どういうことですか」

「それはわしも訊いたさ。だが、弥助はあのとおりの愚者でな。二十歳のころに江戸に来て、いくつか職を変えてから、この寺に来たらしい。以来、四十年近くこの寺にいるが、生まれ故郷の村の名前を忘れたというのじゃ」

「そんな……」

「まったく呆《あき》れたやつだ。それでは帰るに帰れないだろうと言ったら、村の方角がなんとなくわかるから大丈夫だというのよ」

「それで送りだしたのですか?」

「うむ」

雪元は、まともに答える気もなさそうだ。問いつめて、嘘を教えられでもしたら、完全に足取りを見失ってしまう。

剣之介はすばやく寺の外に出た。待っていた中間《ちゅうげん》の茂三《しげぞう》に、

「寺男が歩いているのが見えぬか？」と、訊いた。

茂三はひととおり周囲を見まわし、

「見えません」と、答えた。

「おまえ、なんのために、そんなに背を高くしてるんだ」

茂三は六尺ほどあり、仲間の同心からも、うどの大木を雇っているとからかわれるのだが、そのつど、見張りのときに役立つのだと答えてきたのである。

「べつに好きで高くなったわけではありませんよ。あ、でも」

「どうした？」

「寺男はいませんが、小坊主が」

と、右手の畑を指差した。

剣之介はそっちに歩いていき、

「おい、小坊主さんよ」

「はい」

「寺男の弥助の故郷ってえのはどこか、聞いたことはないかい？」と、訊いた。

小坊主はなかなか賢そうな顔で、少し考え、

「ああ、弥助さんは、江戸に来たのがずいぶん前だし、もともと自分の村の名前なんてこと考えなかったって。でも、炎天寺《えんてんじ》っていう寺を目指せばいいって」

「そうか。炎天寺か。北とか南だとかは言ってなかったか？」

「うん。それは言ってなかったよ」

小坊主に礼を言い、剣之介は考えこんだ。

「炎天寺って、聞いたことはないか？」

と、茂三に訊いた。

「江戸ですか？」

「わからん」

「さあ、聞いたことはねえけど……」

「おいらは、聞いたことがある。炎天寺、炎天寺……発句《ほっく》の好きな同僚がいて、有名な句には誰でも作れそうなものもけっこうあると言っていたんだ。なんだっけ……蟬《せみ》鳴くやだ。そうそう、蟬鳴くや六月《ろくがつ》村の炎天寺だ。六月村ってのは、西新井大師の先に、本当にある村だって言ってた」

言いながら、剣之介は駆けだしていた。

途中で道が分かれた。どちらを行っても、半里ほどでまたひとつになるはずである。

「茂三、おまえはそっち、わしはこっちから行く」

剣之介は隅田川沿いの道を選んだ。

今日も天気はよく、隅田川だけでなく、点在する池も、冬の青空を映《うつ》してきれいである。浅草側の川岸では、子どもたちが凧《たこ》を揚げていた。

半里ほど行くと、老人の後ろ姿が見えた。弥助だ。やはり、この道だった。

「おーい、待て」

声をかけると、あわてて逃げだしたが、足取りは覚束《おぼつか》ない。だが、剣之介のほうもかなり疲れてきた。

「なにもしないぞ。ただ、話を訊きたいだけだ」

弥助は川の淵《ふち》で立ち止まった。

なんだ、あいつ、飛びこむ気か、と思った。

「それ以上、来ないでください。来ても、おらはなにも言わねえだ」

弥助は身体を曲げ、拝《おが》むようにして言った。

「言わぬ、言わぬ。だから、飛びこむのはやめてくれ。おいらは泳げねえんだ。飛びこまれたら、助けられねえから」

「じゃあ、なんですかい？」

「金能寺の鐘のことだが、雪元和尚がいないときに鳴ったというのは……」

そこまで言うと、弥助はいきなり飛びこんだ。

ここらは鐘ヶ淵と呼ばれるところで、川の中に鐘が沈んでいるという伝説がある。八代将軍の吉宗《よしむね》が、ここに人を潜らせて、本当に鐘が沈んでいるか、調べさせたこともあったらしい。結局、見つからなかったが、鐘が沈んでいてもわからないくらいだから、かなり深いことは間違いない。そこへ飛びこんだ。

「あっ、あっ」

飛びこんだのを見て、剣之介もいきなりそこまで駆け寄り、川の淵を蹴った。

たとえ泳げなくても、人間、必死になれば、なんとかなるような気がした。

だが、いくら手足をばたばたさせても、身体は浮かない。だんだん沈んでいく。

「あっぷあっぷ」

これはまずいことをした。おみちの顔が浮かび、志保の顔が浮かんだ。死んだ妻の顔が浮かばなかったのは、申しわけない気がした。

気が遠くなりかけたとき、

「ほら、しっかりして」

誰かが叫びながら、剣之介の身体を引いている。

「うっぷ、うっぷ」

水を飲みながら、引かれるままにした。

引いてくれているのは、先に飛びこんだ弥助だ。

すぐに岸にたどりついた。岸からほんの一、二間あたりで溺《おぼ》れたのだ。

「大丈夫ですかい」

「あ、ああ」

げほげほ言いながら、どうにかうなずいた。水が喉の奥から、いくらでも出てくる。

「驚きました。いきなり飛びこむんだもの」

「いきなり飛びこんだのは、おまえだろうが」

剣之介はさすがにむっとして、文句を言った。

「おらを助けようとなすったので？」

「そりゃあ、目の前で人に死なれたらかなわんだろうよ」

「自分は泳げねえのに？」

「なんとかなると思ってしまったのだ」

「そんな刀を二本と十手《じって》まで差してたら、河童《かっぱ》でも溺れるだ」

「ああ、そうか」

たしかに、刀も外さずに飛びこんだのはまずかった。

そこに、茂三が駆けつけてきた。合流地点で待っていても、なかなか来ないので、引き返したのだろう。

「旦那《だんな》さま、どうしました？」

「話はあとだ。それより、寒くてかなわん。火種を持っているだろう。焚き火をしてくれ」

すぐに流木を拾い集めて、火をつけた。木や草が乾燥しているので、たちまち勢いよく燃えあがった。

火にあたっていると、弥助がうつむいて嗚咽《おえつ》しはじめた。

「泳げもしねえお侍さまが、おらを助けようと飛びこんでくれたなんて。おらは川を渡って、逃げようとしただけなのに」

「気にするな。おいらも早まったと思ってるんだから」

濡れたふんどしをはたはたさせながら、剣之介は苦笑いした。

「いやあ、こんなことしてもらって、なにも言わねえのは人でなしだ。なんでも訊いてくだせえ」

と、弥助が剣之介をまっすぐ見た。

故郷に帰りたいと、弥助が自分で言いだしたのは、嘘ではなかった。

弥助なりに、和尚の危機を感じたらしい。

愚者と言われた弥助の、どこが愚かだというのか。

「あの日、おらが全官寺に行くとき、いきなり瞑想を中断するのは嫌だから、出るときに全官寺の鐘をひとつ撞いてから戻ってくれ、と言われました。でも、おらは、それは嘘だなと思いました。その日は、佐野屋のお糸さまが、寺に来ることを知ってました。ははあ、お糸さまと仲良くしてる途中で、おらが戻ったら困るからかな、と思ったんです」

「そうだったのかい」

雪元は全官寺の鐘が、暮れ六つ前に一度、鳴ることを知っていた。そして、それを巧みに、犯行の隠蔽《いんぺい》に利用したのだ。

「和尚さまからは、おらが鐘を撞いたことは誰にも言うなと、きつく言われました。でも金能寺では鐘が落ち、おらはなんだかわからないけど、全官寺の鐘を撞いた……。なんか、和尚さまにまずいことがあるのかなあと、うすうす思ったんです」

　弥助はせつなそうに、そう言った。

「それにしても、なんで、雪元がお糸と仲良くすると思ったのだ？」

　と、剣之介は弥助に訊いた。もう着物も乾き、寒気も感じない。

「和尚さまは、お糸さまのことが好きなんだと、目を見てればわかりました」

「雪元がお糸を好きだった？　逆ではなく？」

「ええ。おらはまちげえねえと思いますだ。和尚さまのあの目は、本気でしたもの」

「お糸さんというのは、その、器量はそうでもなかったらしいな」

「おらあたりから見ても、まあ、醜女《しこめ》ですな」

　と、弥助は遠慮なしに言った。

「それでも和尚は本気に？」

「ええ」

　たしかに、誰もが顔の美しさに魅了されるとはかぎらない。美男と醜女、あるいは醜男《ぶおとこ》と美女の組みあわせは、いくらでも転がっている。

なまじ、僧侶という禁欲的な暮らしを送り、美男で知られている雪元は、外の者から見れば、美女好みだと偏見を持たれやすいのだろう。

「じつは、おらも、くわしくは知らねえだが……和尚さまが子どものころ、育ててくれた義理の母親がいたらしいんですだ。もしかしたら、お糸さまには、その義母の面影《おもかげ》があったんじゃないかと」

「ああ、そうかもしれぬな」

雪元は、この弥助を愚者と言い、弥助は雪元の深いところにある心を理解していた。このすれ違いは、なんなのだろうか。

「さて、着物も乾いたし、おらはこのまま、田舎に帰りますだ」

弥助は、着物の帯を締めなおし、荷物をかついだ。

「おまえ、自分の村の名前を知らないというのは本当か？」

剣之介は、不安になって訊いた。無事にたどりつけるのか覚束《おぼつか》ないのではないか。

「はい。でも、わかりますだ。道と近くの寺の名前がわかりますから」

「炎天寺のことだな」

「はい」

「弥助、おまえの村は、六月村というのではないか？」

「六月村？　変な名前ですね。そう言えば、隣村のやつから、六月村って言われたことがあったっけ。そのときは、まだ二月だったのに、なにが六月村だと思ったけど、そうか、それが村の名前でしたか」

剣之介はあまりの暢気《のんき》さに呆《あき》れ、

「四十何年も離れて、いまから村に帰っても大丈夫なのか？」

と、さらに訊いた。

「ええ。じつは、おらの家は村の庄屋をしてて、おらはそこの次男坊なんです。近くは親類だらけで、小作《こさく》くらいさせてくれるところはいくらもあるで」

「ほう。商人なら、若旦那ってとこではないか」

剣之介がそう言うと、弥助は隙間だらけになった歯を見せ、

「いやあ、それに、何年か前に消息を知られてしまって、妹がそっと訪ねてきて、いつでも帰ってきてくれと言われてるんです」

と、照れた。

「そりゃあ、安心だ」

「おら、和尚さんが縄をかけられるところなんざ、見たくもねえし。それに、和

尚さんはちっと頭でっかちだったけど、悪い人じゃなかった。たぶん、お糸さんにしがみついたかして、叫ばれそうになったんで、無我夢中で殺しちまったのかなあ」

弥助はまた首をうなだれ、とぼとぼと歩きだした。

剣之介の頭になにかが閃《ひらめ》き、

「弥助、そうそう、あとひとつだけ。鐘を突く撞木《しゅもく》についた紐《ひも》のことなんだが……」

立ち去ろうとした弥助に、剣之介のほうから歩み寄っていった。

八

午後から西の空にぶ厚い雲の群れが押し寄せ、たちまち冷えこみはじめて、まもなく雪が降りだした。

亀無剣之介は、金能寺の檀家である柿坂伝兵衛の家に来ていた。柿坂家は裕福なだけあって、ふたつの火鉢《ひばち》にたっぷり盛られた炭が、かんかんに熾《おこ》っていて、そばにいると暑いくらいだった。

広間には、雪元も来ていた。

「どうも、この亀無さんは、お糸さんのことを殺しだと決めつけ、わしを下手人にしたいらしい」

と、雪元が笑いながら言った。

「なんてことを……」

この家のあるじの伝兵衛が、憎らしそうに剣之介を見た。

ほかに、前も一緒だった近所のふたりも来ていて、そちらも相当、怒っているらしい。

「よりによって、名僧の誉《ほま》れ高いご住職を……」と、聞こえよがしに囁《ささや》いたりもしていた。

この家の姑《しゅうとめ》などは、さらに怒っていて、煮立った鍋をわざと剣之介の前でこぼしたりした。

「あちちち、熱いな」

剣之介が泣きそうな顔で文句を言うと、

「おや、それは失礼しました。心は冷たくても、熱さは感じられるのですかねえ」

と、嫌味まで言う。

「のう、亀無どの。これで終わりにしてくれるのじゃな?」

「はい。これで決着がつくはずです」

「それはありがたい。この数日で、わしはもう、そなたの顔は見たくないと思っていてな。他人から訊いたが、そなたは、ちぢれすっぽんとあだ名されているそうじゃないか」

「はあ、ときどき、そのように」

と、剣之介は鬢を押さえた。鬢は乾いた風になぶられたため、いちだんとそそけ立っている。すっぽんは、食らいついたら離さない、剣之介のしつこい探索からきていた。

「では、さっそく、肝心な話をしようではないか。そなたは、わしを疑っているようだが、あの日の鐘の音が、わしの無実をはっきり証明しておるではないか」

雪元は、火鉢の縁《ふち》を指で叩きながら、そう言った。

「ええ。それについては、ずいぶん考えたのです。あのとき、ちょうど、いまぐらいの時刻でしたが、金能寺の鐘が鳴った。ということは、それまで、金能寺の鐘は下に落ちておらず、そのときに、鐘を撞いたお糸さんの首に落下したのかもしれない」

「それしか考えられまいだろうが」

　雪元がそう言うと、伝兵衛たちもいっせいにうなずいた。

「でも、落下したにしては、あまりにも死んだときの姿勢が不自然でした。これは、鐘が落ちて死んだのではなく、すでに殺されていたお糸さんの首に、鐘を落としたのではないか、そう思ったのです」

「だが、お糸さんの足跡が残っていたではないか。山門のほうから点々と」

　と、雪元は言った。目は剣之介を見ておらず、絶えず火箸で灰をかきまぜている。

「それは、あとから手でもできるんです。下手人は注意深くやってましたよ。小柄なお糸さんに合わせて、歩幅も小さく見せて」

「疑えば、きりがないものだのう」

「なぜなら、お糸さんは鐘など撞かなかった……」

　剣之介がそこまで言ったときだった。

　ごぉーおおおん。

　鐘の音がした。低いが、腹の底まで届く、重みのある音だった。長い余韻《よいん》を引いている。

一同の顔がぎくりとしたのと、剣之介が、

「あ、金能寺の鐘が！」

と言ったのは、ほぼ同時だった。

「本当だ」

「たしかに、いまのは……」

客のひとりが立ち、音が聞こえてきたほうの窓の障子を開けた。目の前の半分は大きな土蔵でふさがれているが、あとの半分に、雪が降り積もる田畑の景色が見えた。

耳で聞こえる余韻はおさまったが、まだそこらにかすかな音が震えているような気配《けはい》が感じられる。

「鐘撞き堂が直ったのかな」

と、剣之介が言った。

「そんな馬鹿な」

と、雪元は言い放った。だが、顔に血の色は消えていた。

柿坂家の者や客たちは、

「だが、いまのは……」

「金能寺の鐘に似てたのう……」

などと囁《ささや》きあっている。

すると、雪元だけが、じっとうつむいてしまった。

「いいですか、皆さん。いまの鐘は、金能寺の鐘に聞こえましたでしょう？」

剣之介がそう言うと、伝兵衛たちはうなずいた。

「ところが、いまのは金能寺の鐘ではないのです。おいらの中間《ちゅうげん》に言っておいて撞かせたのですが、こっち側にある全官寺の鐘だったんです。全官寺の鐘が、この土蔵の壁で反響し、さながら金能寺のほうから聞こえてくるように思ってしまうんです」

「えっ、そうなのかぁ」

伝兵衛は首をかしげた。

「そもそも鐘の音というのは、同じ鐘でも、風の具合や、あいだにある樹木の具合などでもいくらか違って聞こえたりします。でも、金能寺の鐘だと思いこんでいるから、その鐘の音に聞こえてしまう。しかも、全官寺の鐘は、大きさが金能寺のものとほとんど同じですから、もともと区別は難しかったのです」

そこまで言うと、伝兵衛たちの顔に困惑が広がりだした。

「どういうことなんだ」

「おらにはわからねえ」

などという囁きも聞こえた。

「旦那、聞こえましたか？」

そこへ茂三が息を切らしてやってきた。

「ああ、うまくいったぞ。そこで待っていてくれ。もう、まもなくだから」

茂三に命じてから、

「ところで、あの鐘はふだん、和尚さまが撞いていたのですか？」

と、剣之介が雪元に訊いた。

「いや、わしは撞かん。そんなものは小坊主たちや、寺男の弥助の仕事だった」

雪元は力なく、首を横に振った。

「では、お糸さんは、あの鐘を撞いたことはあるんでしょうか？」

と訊くと、今度は雪元の顔に力が戻った。

「ある。お糸さんは、あの鐘を撞いたことがある。あるとき、煩悩《ぼんのう》を払いたいから、鐘を撞かせてくれと言ってきたことがあった。わしが許すと、何度も撞いて、さっぱりした顔で戻ってきたことがある。それは小坊主も知っているはずだ」

「そうでしたか。そういうこともあったから、今度の仕掛けを思いついたのですな。だが、和尚さんもぜひ、ふだんから撞いておくべきでしたなあ」

「なんだと？」

雪元の顔に不安が広がっていった。

「お糸さんに、鐘は撞けないんです」

「どういうことだ？」

雪元が問い返し、伝兵衛たちが、息を飲んで剣之介を見つめていた。

「地震でお堂が崩れかけてから、寺男の弥助さんが、小坊主さんたちゃ近所の子どもが突いたりしないよう、撞木《しゅもく》につけた紐を短くしておいたのです」

「え……」

「弥助さんは、愚者どころか、細かいところに気のつく人で、そこまでちゃんとした仕事をしていたのですなあ。おいらは、どうも撞木の紐が短い気がして、弥助さんに確かめると、弥助さんも言ってました。あんとき、背の小さいお糸さまは鐘を撞けるはずがないから、おかしいなと思っていたと……」

火鉢に置いていた雪元の手が、がくがくと震えだしていた。手の震えは肩へと移り、やがて全身が激しく揺れはじめた。

「殺す気などまったくなかったのだ……それどころか、愛《いと》おしくてたまらなかった……わしの暗い子ども時代に、ただひとり、光のような存在でいてくれた人。その人に、お糸さんはよく似ていたんじゃ……」

雪はまだ、こんこんと降り続けている。寺島村は白一色の世界だった。ふだんは瓦や壁の黒が目立つ江戸市中も、白色に塗り替えられているだろう。

雪元はいったん金能寺に戻り、駕籠《かご》が来るのを待っていた。

足元が悪いのと、縄をかけられた姿を檀家の人たちに見せたくないだろうという、剣之介の配慮《はいりよ》だった。

その駕籠が、向こうからやってくるのが見えた。

「のう、亀無どの」

雪元は低い声で言った。

「はい」

「わしのような男は、早いこと還俗《げんぞく》すればよかったのだ」

と、寂《さび》しげに言った。

「どういうことでしょう?」

「いつの間にか、みんなの期待にこたえるように、適当な嘘を言うようになっていた。御仏が見守り、御仏が助けてくれるとな。だが、仏は、そんなに簡単に人を助けたりはしない。要するに、口あたりのいい嘘なのよ。するとおかしなものさ。口あたりのいいことを言いはじめた途端《とたん》、あの和尚は名僧だなどと言われるようになった」

「弱いのですな、人は」

剣之介は、それはわかると思った。

「弱い。わしも含めてな。だが、そなたは強いのかもしれぬ」

雪元にそう言われて、剣之介はあわてて手を振った。

「とんでもない。おいらなんざ、どうしようもない弱虫でして。町の連中からも、同僚たちからも侮《あなど》られたりして」

「からかい半分に、出家など勧めてすまなかったな」

雪元は、頭を下げた。

「いいえ。ときおり、本当に思うのです。俗世《ぞくせ》を離れてしまったほうが楽なのかなと」

「だが、あんたは離れない」

と、雪元は剣之介を見つめて言った。

「そうですか」

「俗世があんたを必要としているからさ」

雪元がそう言ったとき、屋根にたっぷり雪を積もらせた駕籠が、奇妙なほど静かに、門前に到着した。

第二話　消えた女

一

　すでに四つ（夜九時半ごろ）を過ぎた。あちらこちらで町木戸の閉まる音がしはじめている。

「危ねえ、危ねえ。あやうく締めだしを食っちまうところだった」

「近ごろ、夜遊びが過ぎるんじゃねえのか」なんて声もする。

　江戸の町に早々と、夜の静寂《しじま》が訪れつつあった。

　ここは深川である。ただ、深川といっても広い。いくぶん本所《ほんじょ》寄り、地元っ子に信仰が厚い神明宮《しんめいぐう》の裏手あたりになる。

　正月も五日になって、お屠蘇《とそ》気分もだいぶ抜けた。寺子屋の書初《かきぞ》めも五日だし、商人も職人も、すでに普通どおりの仕事をはじめている。

それでも、新年の飲み会帰りの酔っ払いが、ときおりふらふらと通りすぎていく。

そんな通行人たちを、質屋の蔵らしいなまこ壁の陰にひそみながら、じっと見つめている男がいた。

高田山宗右衛門《たかだやまそうえもん》という、江戸相撲で関脇《せきわけ》の地位にある人気力士である。いよいよ大関《おおぜき》取りという声も高まってきていた。

その高田山が、どうしたわけなのか、この夜更けに弓矢を手にしていた。弓は短いもので、いわゆる楊弓《ようきゅう》である。だが、楊弓にしては太い。短いが強弓《ごうきゅう》に仕立てられていて、なまじの力自慢では、この弓は引けない。

また、足取りの覚束《おぼつか》ないやつが、鳥にでもなったつもりか、手をひらひらさせながら通りすぎた。

高田山は、「ちっ」と短く舌打ちした。

——駄目《だめ》だ、駄目だ。あんな酔っ払いは、たとえ狙っても、矢を射られたことにすら気がつかなかったりするのだ。

まだしばらく息をひそめて、狙う相手がやってくるのを待った。

高田山がひそむ道の脇に、六間堀《ろっけんぼり》という、名前よりはずっとせまい掘割《ほりわり》がある。

竪川《たてがわ》と小名木川《おなぎがわ》を結ぶ小さな運河だが、途中、くの字に折れ曲がった五間堀と交差するせいか、あまり流れはよくない。そのため、少しどぶ臭い匂いを漂《ただよ》わせていた。

その六間堀の向こう側に、ようやくしっかりした足取りの男が現れた。

――よし、きた。

町人である。刀は差しておらず、大きめの風呂敷包みと、紐で下げるようにした折り詰めの箱を持っている。大店《おおだな》の番頭が、年始の挨拶まわりで遅くなったというところか。

高田山は、すばやく矢をつがえ、弓を引き絞《しぼ》った。

ためらいもなく、矢を放つ。

ひゅう。

矢は闇の中を低い音を立てて飛び、男の少し前を横切って、向こう側の商店の、閉じた戸板に突き刺さった。

「ひっ」

と、男は驚いて、矢が飛んできた方角を見た。だが、そのとき高田山はすでに踵《きびす》を返し、反対側の町並みのほうに駆けていた。

高田山は巨体である。六尺の上背《うわぜい》に、鋼《はがね》のような筋肉をよろっている。こんな身体をしている男は、江戸でも数えるくらいだろう。

姿を見られたら、すぐにそれが特徴として覚えられてしまう。「相撲取りのような」巨体とも言われたりするだろう。

だから、ちらとでも姿を見られてはならない。

さっき放った矢はあたらなかったが、それでいいのだ。わざと外した。いらぬ人殺しまでするつもりはない。

次に、小名木川にかかる高橋《たかばし》あたりで、用意していた舟に乗った。猪牙舟《ちよきぶね》と呼ばれる小さな舟で、これの漕ぎ方は、以前、遊び半分で覚えてしまった。

夜の川は暗く静かで、艪《ろ》を漕ぐ音が、後ろめたさを感じるくらい、大きく反響する。水面に反射する明かりの破片は、ほんのわずかなものである。

次は、舟の上から、地上を歩く人を狙うつもりだった。

小名木川の万年橋近くに舟を止めた。

舳先《へさき》の向こうは大川で、柾木稲荷《まさきいなり》の下になる。ここはかつて、俳聖芭蕉が庵《いおり》を結んでいたところである。「名月や池をめぐりて夜もすがら」というのは、ここで生まれた句なのだそうだ。

そんなよけいなことまで浮かぶくらい余裕があるというのは、この行為が人殺しを目的にしていないからだろう。殺すつもりなら、もっと緊張している。

ここも、千鳥足《ちどりあし》の酔っ払いばかりが通りすぎる。
四、五人、見送ると、ようやく、しっかりしたというほどでもないが、のそのそとした足取りの男がやってきた。
二本差しの武士である。下から見あげているので足元は見えないが、どうやら着流しらしい。

高田山は矢をつがえた。だが、狙いをつけたとき、

――待てよ。

思わず、手が止まった。橋の脇にある常夜灯《じょうやとう》の明かりで、男の着物が見えた。着流しに五つ所紋の羽織。刀がなければ、大店《おおだな》のあるじにも見えるが、二本差しであの格好はそうはいない。

――八丁堀ではないか。

そう思った高田山だが、すぐにその考えを打ち消した。いや、違う。八丁堀なら、小銀杏《こいちょう》と呼ばれる小さめのすっきりした髷《まげ》に仕立てている。

だが、あの髷はなんだ。ぽしゃぽしゃと、なんだかいそぎんちゃくを干からび

させたような髷ではないか。

しかも、八丁堀なら、もっと肩で風を切って歩くはずだ。あの男は、うつむきかげんだし、申しわけなさそうな歩き方ではないか。

――もっとも同心だったら、逆に好都合だ。

これが、いわゆる辻斬《つじぎ》りのような類《たぐい》の犯行という証人になってくれる。同心の証言と、わけのわからぬ巷《ちまた》の連中の言葉では、重みも違ってこよう。

――ままよ。どっちでもいいさ。

高田山は一度、外しかけた矢をしっかりつがえ、弓を強く引き絞った。

ひょおお。

さきほどよりも長い距離を飛び、男が渡っている橋のたもとの柳に、かっと音を立てて突き刺さった。

男がはっとして、こちらを向いた。もしかしたら、柳に刺さるよりも速く、こっちを見たかもしれない。なにか、気配《けはい》を察知したからなのか。

高田山はすばやく準備していた菰《こも》を頭からかぶり、姿かたちをわからなくしたまま、急いで船を漕いだ。

膝をついたままだから、背丈《せたけ》もわからないはずである。うまくしたら、子どものように小柄《こがら》な男と思ってくれるかもしれない。

大川を横切って、中州《なかす》の葦《あし》の川原に隠れるように、対岸の箱崎《はこざき》へ向かう。走って追いかけようと思っても、新大橋も永代《えいたい》橋も遠まわりになる。絶対、追いつくことはできない。後ろで騒ぎたてるかと思ったら、静かなままである。

途中、そっと振り返ると、男はその場を動くことはなく、じっとこちらを見続けていた。


それから三日後――。

両国橋に近い横網《よこあみ》町にある料亭〈つるまつ〉は、大勢の力士たちでにぎわっていた。

ここは、老舗《しにせ》とまでは言えないが、大川端《ばた》で、しかも周囲を大名の下屋敷に囲まれている。このため、広いうえに大騒ぎしても叱られないというので、宴会などに重宝《ちょうほう》されている店だった。

今日、本所回向院《えこういん》では、江戸相撲の春場所初日がおこなわれた。もちろん、江戸っ子のあいだで相撲人気は絶大であり、この日も境内《けいだい》の石碑が、観衆のうなりと地響きで倒れるのではないかというくらい、大入り満員だった。

取り組みが終わると、力士たちはそれぞれになじみの店へと向かい、飲めや唄えの大騒ぎとなる。朝早くから取り組みがはじまるので、陽の高いうちに、結びの一番も終了してしまうのだ。この〈つるまつ〉にも、常連になっているふた組の力士たちが、威勢よくあがりこんできた。

ふた組のあいだで喧嘩などが起きると困る、という店のはからいで、ひと組は大広間に、もうひと組は庭の隅に造られた離れのほうに入った。

一般の客などからすると、相撲取りはうるさいうえに、からかうと怒って乱暴を振るったりするので、興行があるあいだはほとんど立ち寄らない。

もっとも、この大男たちに、好きなだけ飲み食いさせてやろうという大金持ちは別である。

いちばん大きな大広間の中心にいたのは、江戸相撲の最高位である大関の、鷲《わし》乃《の》松《まつ》豪《ごう》二《じ》郎《ろう》だった。

江戸相撲の大関には、話題作りのためだけの、看板大関というのもいるが、鷲乃松はそれとは違う。実力で勝ち取った、堂々の大関である。

今日の結びの一番も、相手がかわいそうになるくらいの圧勝だった。

あの決まり手は、「上手《うわ》投《て》げ」ではなく、「叩きつけ」だ、などという声があがったほどである。

背は高田山よりも二寸ほど低い。それでも、目方《めかた》は同じくらいか。ただ、鷲乃松は身体が極端にやわらかい。喉輪《のどわ》を受け、のけぞったままで、相手を真後ろに放り投げたこともある。

この身体のやわらかさのため、観客が見たことがない技を遣《つか》ったりする。その奇《き》抜《ばつ》な技も、鷲乃松の人気の理由になっていた。

江戸相撲に、後年の部屋制度というものはない。皆、大名家のお抱《かか》えとなっていて、待遇としては下級武士に相当する。もっとも、ほかの実入りがあるから、本来の下級武士とは懐具合《ふところぐあい》がまるで違う。

鷲の松は、中国の大藩、長州藩のお抱え力士である。大関になって、三年。円熟期に入ったと評する者が多い。

この鷲乃松を中心に、同じ長州藩に抱えられている小結《こむすび》の田乃岩《たのいわ》、前頭《まえがしら》の錦川《にしきがわ》がいて、ほかにいわゆるふんどしかつぎが三人、これに贔屓筋《ひいきすじ》の札差《ふださし》の若旦那、長州藩江戸屋敷の用人《ようにん》、それに芸者が三人入って、都合、十一人で大騒ぎをしていた。

鷲乃松は近ごろ、かっぽれ踊りに凝《こ》っていて、誰彼《だれかれ》かまわず見せたくてしょうがない。その姿がおもしろいというので、芸者衆は腹を抱えて大喜びした。

そんな騒ぎが半刻ほど続いたころ、

「ごめんくだせえ」

と、入ってきた男を見て、鷲乃松の取り巻きたちは顔色を変えた。

「あ、あれは……」

「高田山宗右衛門ではないか……」

まるで、やくざの殴りこみにでも遭ったような顔をする者もいる。だが、高田山はひとりである。ふんどしかつぎもいない。

それでも、皆、緊張した。

それもそのはずで、今場所、高田山には大関昇進がかかっているのだ。

高田山を抱えるのは、東北の小藩、わずか一万三千石の信夫《しのぶ》藩である。大身《たいしん》の旗本が知行一万石を超えると、大名扱いとなる。つまり、旗本に毛が生えた程度の大名で、体面を保《たも》たなければならない分、逆に財政は厳《きび》しい。

その小藩お抱えの高田山が、ついに頂点を極《きわ》めるというので、地方武士ばかりか、判官贔屓《はんがんびいき》の江戸っ子たちも、高田山の応援に熱狂していた。

しかも、これからは下り坂を迎える鷲乃松にとって、まだ二十三歳の若い高田山は、さぞかし憎たらしい存在であるはずだ。

そういう経緯《いきさつ》から、誰もが高田山の出現に困惑した。

だが、鷲乃松は手をあげ、

「よお、来たか」と、言った。

場に、ほっとした気配《けはい》が広がった。

すでに話は通じていたらしい。

「こっち来い、こっち」

鷲乃松が手招きをしたが、

「いいえ、あっしはここで」

と、高田山は入り口近くの下座《しもざ》に、腰をおろした。照れているふうでもある。

鷲乃松も高田山が来ただけで満足したらしく、そばに来いと、しつこくは勧めない。

「これは、つまらぬもので」

と、高田山が、店の仲居《なかい》に手みやげを渡した。

「え？」

「大関の大好物」

「ああ、あれ」

仲居が顔をしかめた。

それから高田山は、遠慮がちに酒盛りに加わった。もっとも、たとえ遠慮をしても、飲む量は半端《はんぱ》ではない。一合ほども入りそうな盃《さかずき》を、くいっくいっと傾《かたむ》けていく。

ひとしきり、かっぽれで騒いだ鷲乃松もさすがに疲れてきて、もっぱら食い気のほうに向かったらしい。ぱくりぱくりと鯰《なまず》のような大きな口で、目の前の皿を片づけはじめた。

それからまた、四半刻ほど経ったころである。

「ちと酔った。わしは二階で休む」

と言い、鷲乃松はひとりで二階に行こうとした。二階の小部屋が、いつも相撲取りたちの酔い覚ましのために空けてある。

ふんどしかつぎが、あとを追おうとすると、

「いい、おまえたちは下で飲んでいろ」と、若い力士に命じた。

「高田山、あとでな」

鷲乃松が二階を指差し、

「ええ、うかがいます」

と、高田山がうなずいた。

昨夜、高田山のところに鷲乃松の弟子が来て、「大関が明日、〈つるまつ〉の二階で例の話をくわしく詰めたいそうです」と告げていった。あくまでもさりげなく、目立たずにやるべきことなのだ。

鷲乃松が上に消えると、田乃岩や錦川の騒ぎっぷりがいっそうひどくなった。大関の存在は、やはり重石《おもし》になっているらしい。

それから、どれほど経ったか――。

突然、〈つるまつ〉の玄関口に、若い女が立った。

大広間は玄関のすぐ近くにあるので、出入り口の近くにいた高田山には、その女の声がはっきり聞こえた。

「大変です、大変です。いま、そこの道から、誰かが二階に矢を打ちこみましたよ。お相撲さんが撃たれたみたいでした！」

女はそう言った。

「なんだって」

高田山がすぐ、階段を駆けあがった。巨体だが、動きはすばやい。あっという間に、二階へと消えた。

すると、すぐに、

「鷲乃松関。しっかりしてくだせえ」

という、高田山の絶叫が聞こえた。

長州藩のふんどしかつぎはすぐさま、贔屓筋の若旦那や芸者衆はおそるおそる、階段をのぼっていった。

そこには、鷲乃松の巨体が長々と横たわっていて、ちょうど心ノ臓あたりには、矢が深く突き刺さっていた。

「鷲乃松関！」

高田山は、鷲乃松を抱きかかえて、失った意識を呼び戻すように、何度も肩を揺すった。だが、鷲乃松はぴくりとも動かない。怪力無双を誇った大関が、全身の力を完全に失ってしまっていた。

「誰が、こんなことを」

高田山は、窓に飛びついた。下を見下ろすが、大川端《ばた》に造られたこの料亭は、左手が大川、右手と背後が大名の下屋敷になっていて、町人地はほんの一画《いっかく》である。昼でも人通りは少ない。

このときも、弓を持った男はもちろん、さっき知らせてくれた若い女の姿も消え失せ、乾いた白い道が、翳《かげ》りだした川沿いに長く伸びているだけだった。

二

鷲乃松が亡くなって五日後――。

本所回向院の高い櫓《やぐら》からは、呼びだしが叩く触《ふ》れ太鼓《だいこ》の音が、両国橋一帯に鳴り響いていた。

トントントントン、という太鼓の音は、軽快ではあってもどこか暢気《のんき》な響きを持ち、なおかつ江戸っ子の心をはずませる祭りの気配《けはい》も感じさせた。

今日は、春場所二日目の興行が開かれるのだ。

初日からは五日も空いた。本格的に降りはしなかったが、雨模様の日が続いたからだ。江戸相撲は、晴天の日にかぎって開催されるのである。だから、十日分の取り組みは、いつ終わるかわからない。雨の多い年で、一月にはじまり、終わったときは四月だったということもあった。

両国橋から対岸の回向院を眺め、

「ああ、もう、楽しみで寝られなかった。昨夜は星がいっぱい出て、今日は絶対に晴れると思ったから」

と、志保が言った。

「予想どおり晴れてよかったですな」

志保よりも少し後ろから、亀無剣之介がそう言った。

剣之介と志保の前には、松田重蔵と奥方の花江《はなえ》がいて、心地《ここち》よさそうに、回向院の周辺に立ち並んだ幟《のぼり》の群れに見入っている。鯉《こい》のぼりや、七夕の笹竹など、江戸の空を彩《いろど》る季節の催《もよお》しはいくつかあるが、両国周辺のこの相撲興行の幟はまた独特である。力士の名を大書《たいしょ》した色とりどりの幟が、真っ青な空にいっせいにはためくのだ。

「ああ、あたし、男だったら、お相撲さんになりたかった」

志保が、十五、六の娘のような調子でそう言った。

「女相撲もあるぞ」

「ううん。本気で貫目《かんめ》を増やそうかな」

先代の人たちは厳格だったが、いまの松田家には止める人はいないかもしれない。

いまから、松田重蔵夫妻と、志保、そして剣之介は、相撲見物に行くところである。

とはいっても、女の相撲見物は禁止されている。

ただし、どこの世界にも、いつの時代にも、抜け道というものはあった。

回向院門前の茶屋〈ゆめのや〉で、一室だけ、取り組みがのぞけるところがある。

この店のあるじが、北町奉行所与力、松田重蔵の大の贔屓で、一家を招待してくれた。これに、剣之介も誘ってもらったのである。

〈ゆめのや〉は、回向院の参道から少し横道に入った突きあたりにある。通りの裏手だが、後ろ暗いような店ではない。常連が多い、通《つう》好みの店らしい。

到着した松田重蔵一行を、あるじが二階の奥へと案内する。

「ささ、どうぞ、どうぞ。ここでございます」

六畳間ほどでそう広くはないが、東と南に窓があり、すだれが下がっている。

「どれどれ、なるほど」

松田重蔵が坐ったまま、背筋を伸ばした。

「おう、なるほど、よく見えるな」

「柱もそう邪魔《じゃま》にはなりませんでしょう」

と、あるじは自慢げに言った。

「うむ、気にならぬ」

「料理は、おいおいお持ちいたします。これが取り組みでございますので、のんびりくつろぎながら、お楽しみください」

あるじは、一枚に摺《す》られた取り組み表を、松田の前に置いた。

今場所の目玉である鷲乃松対高田山の取り組みは、もちろんこの日の予定にはない。当然、千秋楽《せんしゅうらく》に入れてあったのだろう。

今日の取り組み予定では、高田山は、鷲乃松と同じ藩に抱えられている小結の田乃岩と対戦する。鷲乃松の相手は、このところ急速に力をつけている、十八歳の大乃浜の予定であった。

もちろん、その一番には墨で棒が引かれてある。鷲乃松が急死したことは、翌日、江戸中の瓦版《かわらばん》が書きたて、いまや知らない者はいない。

「松田さま。鷲乃松には驚きましたな」

と、あるじが言った。事件の話を訊きたくてたまらなかったふうにも見える。

だが、松田重蔵は、

「まあな。だが、どうせ一月は南が月番だしな」

と、そっけない。

「やはり、殺されたのですか？」

「ああ、矢で胸を射られて死んだらしいな」

北町が月番ではなくても、それくらいの報告は、与力あたりに入っているらしい。剣之介も、思わず耳をそばだてた。

「数日前から、夜中に矢を放つやつがいてな。矢の作りや矢羽などを見ても、同じ下手人の仕業らしい」

「さようでございますか」

と、あるじは目を見張った。

そこへ、剣之介が口をはさんだ。

「じつは、おいらもその矢で狙われた口《くち》でして。万年橋の上でやられました」

すると志保は、

「まあ」

と、目を見張って、恐ろしそうに口をふさぎ、

「へえ、そうだったのかい」

松田重蔵もめずらしく驚いた顔をした。

くわしい話はすでに、定町廻り同心のほうに提出してある。身内の事情のほうは、報告が遅れたりするのだろう。まあ、役所というのはそんなもののような気もする。

あるじはいったん下がったが、取り組みはまだ、ずっと下のほうの力士である。

鷲乃松の話が続いた。

「ほんと、鷲乃松が殺されたのはがっかり」

と、志保が言うと、

「おまえは鷲乃松びいきか」

松田重蔵は怪訝《けげん》そうな顔をした。

「ううん。高田山びいきよ。でも、高田山には、鷲乃松を破って大関になってもらいたかったから」

これは、江戸っ子の大半の望みでもあったろう。

「でも、これで高田山の大関は決まりでしょう？」

と、剣之介が松田に訊いた。強敵がいなくなったのだから、高田山の戦いはずいぶん楽になったはずである。

「いや、そんなことはない。むしろ、こういうひどい出来事があったんだ。慶事はお預けにするだろう。現に、勧進元《かんじんもと》でも、今度の場所は取りやめにするかという相談をしたらしいぞ」

と、松田が言った。

松田によれば——。

結局、興行は続行されることになったが、慶事は早くても秋場所以降になるという。江戸相撲は、春と秋の二度だけ。そのあいだ、力士たちは地方興行に行ったりする。江戸の相撲好きにとっては、ずいぶんと待ちくたびれる事態になってしまったわけだ。

「まあ、残念ねえ。やれば絶対、高田山が勝ったのに」

と、志保は言った。

「そうなのかなあ」

剣之介は首をかしげた。人気は高田山が上でも、実力はまだまだ鷲乃松が上ではないか。今場所の勝負も、世評では圧倒的に鷲乃松が有利とされていたのだ。

「あたしの予想はこうよ。鷲乃松の相撲は曲芸みたいでおもしろかったんだけど、あれはたぶん足腰があまり強くなかったから、ああなったんだと思うの。でも、高田山の足腰はすごいわ。もし、つかまえて、焦らずにじりじりと攻めあげていけば、鷲乃松の派手《はで》な相撲は通用しなかったと思う。どうしても、他の力士たちはあの派手な動きがあるから、焦ってしまうのね」

　この説に一同はいったん、納得した。

　だが、松田重蔵が不思議そうに訊いた。

「志保。おまえ、相撲なんていままで見たこともないくせに、なんでそんな見てきたようなことが言えるのだ？」

「だって、あたしは場所があるときは、瓦版を三つくらい買って、読み比べるんです。ひとつじゃ信用できないから。それで、その三つを頭の中で組み立てていくと、まるで本当の相撲を目《ま》のあたりにしたような感じになるんですよ」

「ふうむ」

　松田重蔵は狐につままれたような顔をした。奥方の花江はそんな松田を見て、くすくすと笑う。

　剣之介だけは、志保の様子が想像できた。

　志保はとにかく凝《こ》り性で、物事に熱中すると止まらなくなるのだ。しかも、その対象ときたらひとつではなく、剣之介が知っているだけでも、手妻《てづま》や絡繰《からく》り、そ

芸事、歌舞伎、そして相撲がある。

——やはり、志保も変わっている。

そう思ったが、けっして嫌な気持ちではなかった。

「松田さま。鷲乃松殺しは、南町で動いているのでしょうか?」

剣之介は訊いてみた。

「いや、長州藩の藩士たちが、やっきになって動きまわっているらしい。だが、殺されたのが長州藩の力士といっても、事件が起きたのは江戸、ただし町人地ではなく、回向院という寺社方の管轄《かんかつ》だ。こりゃあ、こじれるぜ」

松田重蔵は他人事のように言った。

剣之介は、

——むしろ、深夜の矢の事件から追っていけば、鷲乃松殺しの下手人に迫《せま》ることができるかもしれない。

そう思った。

だが、次々にごちそうが運ばれてきて、やがて取り組みのほうも盛りあがってくると、剣之介もつい、この事件のことは頭の外にうっちゃってしまった。

三

　それからひと月ほどして――。

　二月なかば（旧暦）になった。だいぶ春めいてきて、梅どころか、早咲きの桜の話まで出てきている。今月は北町の当番なので、臨時廻り同心の剣之介も、雑用が増えて、帰りが遅くなった。

　その帰り道、八丁堀の入り口にある知りあいの与力の庭で、木蓮《もくれん》がきれいに咲いていた。しばらく見とれてしまったほどだった。

　腹を空《す》かして自宅に戻ってくると、ちょうど松田家から出てきた中間《ちゅうげん》と行き会った。

「松田さまがお呼びです」

「そうか……」

　いくら幼なじみとはいえ、直属の上司である。逃げるわけにはいかない。

「長州公がひどくご立腹《りっぷく》でさ」

　松田の書斎に入ると、風呂あがりらしく、ゆだった足を投げだした格好でいきなりそう言った。

「もしかして、鷲乃松のことで？」

「最初は、自分のところの在勤の武士を使って、下手人を見つけようとした。ところが、あんなまぬけな連中が、江戸の殺しを探《さぐ》るなんてことはできっこねえわさ。どうにも目星《めぼし》がつけられねえので、目付《めつけ》のほうにも声をかけたらしいや」

「御目付にもですか？」

「矢を使ったくらいだから、下手人は旗本や御家人ということも考えられると、若年寄《わかどしより》にねじこんだらしい。だが、目付からしたら、いくらお抱えったって、たかが相撲取りみたいな気持ちがある。ろくな調べもしやしねえさ。そのうち、目付にも業《ごう》を煮やし、殺されたのは鷲乃松でも下手人は町人かもしれねえ、というので、とうとうこっちにお鉢《はち》がまわってきたってわけさ」

「なるほど……」

じつは、こんなことになりそうな予感もあった。

「ふざけた話さ。さんざん荒らしたあげく、どうにもならねえもんだから、まわしてよこしやがった。それも、頭を下げてくるならともかく、偉そうに捜しだせときたもんだ」

「それは、また……」

大藩ならではのやり方だろう。小藩などは、面倒事が起きたときにはよろしくとばかり、むしろ町奉行所にはつねづね付け届けまで怠《おこた》らないほどである。

そんなときの松田重蔵の態度も想像できる。中間《ちゅうかん》の立場にある者はたいがい、上にはずいぶん逆らったというようなことを言いわけにするが、実際は逆らうことなどなく、ひたすらへつらい、下に無理難題をまわすだけだ。

だが、松田重蔵の場合は嘘ではなく、露骨《ろこつ》に嫌な顔をしたりする。上にへつらうことがない。もう少し媚《こ》びたり、へつらったりしたほうがいいのではないかと、部下の剣之介のほうがはらはらするくらいである。

だから、松田はさぞ嫌々《いやいや》といった顔で、この命令を受けてきたのだろう。

「亀無。連中の鼻をあかしてやってくれ」

めずらしく、頭を下げた。

「わかりました」

剣之介も了解した。ほかの誰かならともかく、松田のためであればなんとかしてやりたい。

話が終わったところで、松田重蔵の奥方の花江から、

遅くなったので、飯がまだ残っているか心配だった。そのときは、大根《だいこん》の古漬けでも食って寝ようと思っていた。

「いや、まだ……」

と、訊かれた。

「夜のご飯は？」

「すぐ、お持ちしますから」

花江が仕度《したく》のために下がると、松田重蔵は、

「ゆっくり食っていけ。志保はおらぬが」

と、顔を赤くさせるようなことを言って、部屋から出ていった。

松田は近ごろ、囲碁に凝《こ》っているらしい。おそらくこれから、囲碁のできる与力や同心の家に、無理やり押しかけるのだろう。

——囲碁を知らなくてよかった。

と、内心、胸を撫でおろした。

「こんなもので恐縮ですが」

花江がお膳を置いた。厚揚げの煮物に、めざしとお新香と、豪勢ではないが、それに銚子《ちょうし》を一本つけてくれた。剣之介は大酒飲みではないが、疲れたときの一

杯は嬉しい。

「かたじけない。いただきます」

手酌《てじゃく》でゆっくり味わう。

松田の奥方の花江は、いわゆる良妻賢母型の女性である。

松田は結婚が早かった。十六で与力の見習いに出て、そのとき同時にこの嫁をもらった。

十九と十七の息子がいる。だが、どちらもいまは家にいない。長男のほうは、昨年、四千石の旗本の家に養子に出した。

普通は次男坊をやるが、どういう相談があったのか、松田は長男のほうをやった。すると、次男はそれがおもしろくなかったらしく、不貞腐《ふてくさ》れ、ぐれた。

いまは本所あたりで、ろくでもない暮らしを送っているらしいが、松田重蔵のすごいところは、息子のことをまったく心配していないところだ。

むしろ、喜んでいる気配《けはい》すらある。

「遠山金四郎、根岸肥前守《びぜんのかみ》、長谷川平蔵。この人たちに共通するものを知ってるか。皆、若いうちに無頼《ぶらい》の暮らしを体験しているのだ。わしも、じつはぐれたかった。親が生きていたら絶対にぐれたのだが、早く死なれてぐれる余裕がなかった。だから、あいつには思いきり、好き勝手やらせたいのだ」

そんなことを言ったのも聞いたことがある。

だから、この奥方も普通の良妻賢母なのに、松田重蔵の強烈な性格に引きずられ、本来、縁《えん》がないはずのよけいな波乱に出会ったりしているのではないか。そんなことまで思ってしまった。

その花江が、

「志保さんが……」

と、言った。剣之介はどきりとする。

「先月の末からここを出ていったのですが、なにかご挨拶は？」

「いえ、なにも」

剣之介は首を振った。おみちには、しばらく留守にするけど、また戻るとは言っていたらしい。もっとも、子どもの言うことなので、自分の希望もかなり入っているかもしれなかった。

「じつは、大高さまのご実家は、番町のほうにおありで」

「そうでしたか」

同心の家には、養子に入ったのだろうか。

「そちらのお姑さまが病《やまい》で倒れられたので、看病にいくことになったのです」

「そうでしたか」

「なにもいまの志保さんに、そんなことをさせなくてもよろしいのにね」

「…………」

それはなんとも答えようがない。

「志保さんも、早く大高さんと別れてしまえばいいのよ」

「うっ」

酒を飲み終え、飯にかかっていた剣之介は、思わず噎《む》せそうになる。

「後ろめたいのでしょうね。一度、結ばれた仲を終わりにしてしまうことが」

「ええ」

それはわかる気がする。固めの盃《さかずき》で、将来を誓《ちか》った仲なのだ。だが、その誓いは、なにがあっても守らなければならないのか。

「亡くなった子どもへ、すまないという気持ちもあるのかもしれませんね。どっちに進めばいいのか、迷いそうと言っていたこともあります」

志保は男の子を、幼いときに亡くしていた。もしかしたら、こちらのほうが、志保にとっては大切なことかもしれない。

「それは、つらいところでしょうね」

ちょうど飯を食べ終えた。おかわりするほどではない。

「志保さんは兄妹なのに、うちの人とはずいぶん性格も違います。うちの人は細かいことなど、まったく気にしないから」

そう言って花江は、ほっほっほと照れたように笑った。

だが、剣之介は、深いところでふたりはよく似ている気がする。

四

高田山宗右衛門は、七日目の取り組みを終えると、ご贔屓の誘いを断って、蛎殻《かきがら》河岸近くにある信夫藩の藩邸に帰ろうとしていた。両国橋を渡らず、新大橋から行こうと、安宅《あたけ》町あたりにさしかかったときである。

「たしか、江戸相撲の高田山関?」

と、後ろから声をかけられた。

「ん?」

振り向いて、高田山は一瞬、背筋が凍りついた。

「そ、そなたは……」

そこにいたのは、町方の同心だった。

「どうなさいました？　ずいぶん驚かれたようだが」

「いや、べつに。考え事をしていたので……」

治ったつもりでいた怪我《けが》が、いきなりぶり返したような気持ちである。

もう、事件はお蔵入りしたと思っていた。

鷲乃松の死から、ひと月も経つのだ。

しばらくは長州藩の藩士たちが、五、六人で、とっかえひっかえ話を訊きにきた。毎日、同じ話を訊き、毎日、ため息をつくばかりで、なんの進展もなかった。田舎の大藩の武士というのは、これほど智慧《ちえ》がないものかと、笑いたくなったほどだった。

十日前あたりになると、幕府の御目付もふたりやってきた。だが、このふたりも、矢を射た者は見なかったかと、それだけをしつこく訊き、そういえば前の大名屋敷に怪《あや》しい影があったような、と答えると顔を見あわせ、

「それはたぶん、気のせいではないか」

と、帰っていった。大名に嫌疑をかけるくらいなら、下手人などあがらなくて

もいいのだろう。

安心していた矢先《やさき》の町方同心の登場だった。

そしてあの夜、同心かもしれないと思いながら矢を放った相手が、この男だったのだ。こんなおかしな頭をした同心は、ほかにはいないだろう。

「わたしは、北町奉行所の臨時廻り同心をしている、亀無剣之介と申します」

胸を張り、軽く頭を下げたが、威厳《いげん》はまるでない。あのちぢれっ毛の髷も、明るい陽の下で見ると、ますますちりちりとしていて奇妙な感じがした。

「亀無かい。亀有って地名は聞いたことがあるが、亀無はめずらしいな」

動揺を隠し、高田山はからかうように言った。

「ああ、亀有ね。じつは亀有ってのも、本当は亀無だったんです。ただ、亀無では縁起が悪いというので、亀有にしたってわけで」

「そうなのかい。じゃあ、あんたの名前も縁起が悪いんだ?」

そう言うと、亀無は情けなさそうにうなずいた。

「それはそうと、よく、お相撲さんというのは、ほら、ふんどしかつぎって言うんですか。弟子のような人たちをいっぱい連れて歩いてますが、高田山関はおひとりなんですね」

これはよく訊かれることだった。

「わしを抱えていてくれる信夫藩というのは、たかだか一万三千石の小藩でな。殿が特別、相撲がお好きなので地元生まれのわしを抱えてくれた。だが、大飯食らいは、わしひとりで精一杯《せいいっぱい》なのよ」

この言葉は嘘ではない。江戸家老あたりも、本当は自分など手放したいところであろう。だが、大関候補を手放したとあっては藩の面目《めんぼく》も立たないため、泣く泣く置いてくれているのだ。

「そうでしたか。それは、それは……」

「そういうあんたこそ、同心てえのは、岡っ引きや中間《ちゅうげん》などを何人も連れ歩くものなんじゃないのかい？」

「ああ。定町廻りの同心はそうですが、おいらは臨時廻りなもんでね。それに、いつもは中間をひとり、連れ歩いているんですが、今日は家で薪《まき》割りをさせてるんですよ」

「そりゃあ、おたがいに大変だな」

気取らない答えに、高田山は思わず笑った。

「ところで、お訊きしたいことがあって。じつは、鷲乃松が殺されたことなんですがね」

「あ、それか。もう話したくない」

そっけなく言って歩きだそうとすると、

「なんとか、少しだけ」

と、前にまわって、すがりつくようにした。

前の連中のぼけなすぶりもひどかったが、これはまた、いちだんと格が落ちたのではないか。人格に覇気が感じられない。

こんな男が、殺しの下手人などを問いつめたりできるのだろうか。

からかってやろうという気になって、

「飯を食わせてくれたら」

そう言うと、同心の亀無は渋い顔でうなずいた。

「蕎麦屋くらいなら、いくら食っても……」

「ああ、蕎麦は大好きだよ」

新大橋のところで、渡らずに左に折れ、深川八名川《やながわ》町の蕎麦屋に入った。

隣の客が食っているのを見ると、太めの蕎麦である。近ごろ、江戸で人気の蕎麦屋は、皆、細く切りすぎていて、高田山はいつも不満だった。太くて、もそもそするくらいのほうが、蕎麦そのものの風味が感じられると思うのだ。

高田山は、

「とりあえず、ざるを五枚」

と注文し、亀無に、

「あんたは？」

と訊く。

「では、おいらもざる一枚」

亀無は、遠慮がちに注文した。

「遠慮しなくていいよ。金を払うのはそっちなんだから」

高田山が言うと、亀無は泣きそうな顔で笑った。

「それでなんだっけ？　ああ、鷲乃松関のことだな。まったく、鷲いたもんだよ」

「こう言ってはなんですが、高田山関にとっては、そう悪いことでもなかったのでは？」

「どういう意味だ？」

「だって、大関取りのかかった大勝負を控《ひか》えていたわけですよね。しかも、鷲乃松は恐ろしく強い大関でしょう？」

「恐ろしいというほどでもないが、まあ強いな」

「としたら、まあ、こういうのは誰の心にもあるものだから言いますが、あいつが死んでくれたらいいのになと思いませんか？」

亀無はさらりと訊いてきたが、これはかなり訊きにくい問いではないのか。こいつ、なにをぬかすと睨みつけると、きょとんとした顔でこっちを見る。馬鹿特有の無神経なのだろうと、高田山は思った。

「あんたが言うのは、ちょっとおかしいな」

「なにがでしょうか？」

「だって、鷲乃松関があんな死に方をしたために、わしの大関昇進まで見送られることになったんだぜ。うまくいったら、いまごろは大関高田山だったのに」

「やっぱり、そうでしたか。あ、そうそう。そういえば、わたしの知りあいもこう言っていました。鷲乃松と高田山が戦っていたら、絶対に高田山が勝ったと」

と言って、亀無が志保の感想を話した。

「そりゃあ、たいした相撲見巧者だ。そのとおりだよ」

「そうすると、いちばん鷲乃松の死を喜ぶはずの高田山関は、じつは全然喜んでいないことになりますねえ」

亀無は考えこんだ。

高田山はそのあいだに五枚のざる蕎麦を食い終えたので、

「あったかいのをもらうか。天ぷら蕎麦と月見蕎麦」

と頼んだ。

「だいたい、あんたは鷲乃松関が殺されたことで、なんでいまさら、わしのところに来たんだ？　いろんなやつに話をしたし、それにひと月も前のことなんで、細かいことは忘れかけてるぜ」

「どうも、わからないことがいっぱいありましてね」

「なにが、わからないんだ？」

「下手人が見あたらない」

亀無は真面目《まじめ》な顔でそう言った。

「ははは……それは変な話だ。でも、それを捜すのが、あんたの仕事だろ」

「ええ。でも、その下手人を見たというのは、突然〈つるまつ〉に現れたという若い女だけなんです」

「ふうん。わしも二階の窓から見たのだが、逃げてしまったあとだったからなあ」

いまとなると、あのとき舟で逃げていく若い男を見たとでも言っておけばよかったのか。だが、嘘というのは最小限にしておいたほうが、ほころびも少なくて済むはずなのだ。

「そればかりか、下手人の唯一《ゆいいつ》の目撃者であるその女もまた、消えてしまった」

「あれは、たまたま通りかかった女だから、消えたわけではないんだろうがな」

「そうでしょうか……」

亀無は、いまごろようやく、ざる蕎麦を食い終え、

「それに、高田山関の話もよくわからないんですよ」と、言った。

「疑ってるのか、わしを？」

「同心は因果《いんが》な商売でしてね。すべての人間を疑ってかかるのです」

「そりゃあ、大変な商売だな」

と言ったところで、高田山は、温かい蕎麦二杯を食い終え、

「次は、目先を変えて、力うどんと、きつねうどんをもらうか」

亀無は顔をしかめた。まだ食うのかとうんざりしたらしい。

「亀無さんよ、よぉく、考えてくれよ。鷲乃松が死んだとき、一緒にいたのはわ

しだぞ」

「ええ、殺しの調べの鉄則は、殺しの現場にいた人間をまず疑えでしてね」

「ううん。弱ったなあ。いいか、鷲乃松はなんで殺されたかわかってるのか？」

「矢で心ノ臓を射られたと言われてますね」

「言われてるんじゃなく、そうなんだよ。わしの手のなかで死んだんだから。いいか、矢だぞ。矢は弓で射るんだぞ。遠くからひゅっと。わしがそんなこと、できるわけがないよなあ。わしはずっと〈つるまつ〉の一階にいた。鷲乃松関が矢を射られたと聞いて、二階に駆けあがった。すぐに、他の連中も来た。いったい、いつ矢なんて撃つんだよ。だいいち、あそこに弓なんて置いてなかったんだぜ」

　高田山は、噛んでふくめるように、ゆっくりと亀無に言い聞かせた。

「まあ、そうなりますかねえ」

　なんとも惚《とぼ》けたような返事である。

「そうなんだよ」

「それはともかく、高田山関はなんの得もしないということだけは、わかりましたから」

　亀無がそう言うと、

「まあ、それならいいか」

　高田山はため息をついた。

「ところで、高田山関。鷲乃松というのは強かったし、人気者みたいでしたが、実際、いろいろ訊いてまわると、あんなに嫌われている人もめずらしいですね？」

「へえ、そうかい」

「ひどいもんでした。同じ長州藩お抱えの力士たちも、亡くなったから言えたんでしょうが、ぼろくそです。なんでも、意味のないしごきで、弟子をひとり殺し、もうひとりは足が曲がらなくなって、相撲はおろか、歩くのも大変だそうです。とにかく、殴る蹴るで、あれは相撲の稽古じゃなかったと言ってました」

「へえ、そうかい」

　と、高田山は軽くうなずいたが、噂は聞いていた。強くなるためにはある程度、厳しい稽古も必要だが、殴る蹴るは相撲の強さに関係ない。あまりのひどさに稽古を見た勧進元《かんじんもと》なども、眉をひそめていたらしい。

「弟子だけじゃないですよ。町娘を何人も手ごめにしたというし、そこいらで金を踏み倒して歩いた。〈つるまつ〉なども、取立てにひどく苦労していたそうです。長州公の後ろ盾《だて》がなかったら、いまごろは間違いなく、獄門首《ごくもんくび》だと言う者すらいました」

「そいつはひでえや……」

鷲乃松の悪口を聞くあいだに、高田山はうどんも食い終えた。

「次は……」

「まだ、食うのですか」

「そうか。じゃあ、蕎麦はやめて、酒にするか」

「えっ。蕎麦屋で飲むと、高くつきますから」

「軽くだよ、軽く。おやじ、銚子を五本。それと肴《さかな》に、玉子焼きと板わさを頼むぜ」

と、蕎麦屋のおやじに注文し、

「まあ、おれの口からは、あまり言いたくはないがな」

神妙な顔でうつむいた。

だが、亀無は高田山の袖を引っぱると、

「まあ、聞いてください。そんなにひどい男だったということは、鷲乃松は誰に殺されたとしてもおかしくはなかった。そうなりますよね？」

「うむ。殺したいくらい憎んでいるという話も聞いたことはあるよ」

「すると、不思議なことになるんですよ」

「え？」

「じつは、鷲乃松が殺された事件の前に、江戸で深夜に矢を射かけるという事件があいついだんです」

「ああ、噂でちらっと聞いたな」

　自分がこの噂を知っていても不思議はないのだ。

　いま江戸では、瓦版屋たちが、凶悪な顔をした悪人が鷲乃松を弓矢で射るところを絵に描いて、どんどん売りまくっていた。鷲乃松はこの闇の射手に殺《や》られたというのが、事件の真相のように言われている。

　だが、闇の射手はその後、ぴたりと姿を消し、いまや追跡のしようもない。

「そいつが、鷲乃松殺しの下手人なんだろう？」

「ところが、それがわからないんです……あのう、まだ食べますか？」

「うん、蕎麦はいいが、もっと飲みたいな」

「ちょ、ちょっとお待ちを」

　亀無は心配そうに、財布をのぞいている。これまで食った分を勘定《かんじょう》しているのだ。ざる蕎麦六枚、天ぷら蕎麦に月見蕎麦、力うどんにきつねうどん、銚子五本に、玉子焼きと板わさである。

「ええと、おいらのほうは、このあたりまでで、けっこうです。また、なにか訊きたいことがあったらうかがいますので」

亀無は支払いを終えると、逃げるように蕎麦屋から出ていった。

——あいつは、もう来ないな。

もう懲《こ》り懲《ご》りのはずである。

ただ、思わせぶりなことは言っていた。弓矢の事件が不思議だと……。いったいなにが不思議なのか。なにか見落としたことがあったのか。

高田山はしばらく、そのことが気になっていた。

五

高田山に声をかけてから五日ほど経って——。

亀無剣之介は頭を抱えていた。高田山に話を訊きたくても、あんなに飯を食われた日には、小遣いがいくらあっても足りない。

八丁堀の同心は、袖の下に入る金子《きんす》が多いと言われる。だが、それは定町廻りなど、決まったところをまわって歩く役目の場合である。臨時廻りなんぞは、どこにまわされるか決まっていないため、袖の下を払うほうもためらったりする。無駄《むだ》なお足は誰だって使いたくないのだ。

さらに、剣之介の場合、こんなふうに思われているふしがある。

──あの男はいざというときに、頼りになる感じがしない。助けてもらえないなら、あげたって無駄だ。

たぶん町の連中はそう思っている。

だから、剣之介は、奉行所からいただく少ない給金でどうにか暮らしていた。

そんな男が、相撲取りに腹いっぱい食べさせられるわけがないのだ。

──なんとか、金をかけずに高田山の話を訊けないものか。

それには、食いもの屋に近づかないようにしなければならない。

人づてに聞くと、高田山は浅草福井町で、相撲好きの隠居に場所を借り、町内の者に教えたりしているらしい。熱心に相撲を教えてくれるというので評判もいい。鷲乃松とはだいぶ違うようだ。

そこに行ってみることにした。

二丁目で、相撲好きの隠居のことを訊くと、すぐにわかった。

「ああ、角《かど》の清兵衛《せいべえ》さんだ。瀬戸物屋の隠居だよ」

行ってみると、なるほど隣は大きな瀬戸物屋で、その裏手が隠居家になってい
る。玄関からのぞくと、入ってすぐのところの土間《どま》に、土俵が作られていた。

中に入ると、高田山が若者ふたりに稽古をつけている最中だった。

「よし、そこでまわしを引いて。ぐっと持ちあげるように。相手の腰が浮いたら、
そこで投げだ。よおし」

教え方もうまそうである。

もうひとり、まわしを締めた六十くらいの小柄な老人がいて、これが清兵衛さ
んらしい。

「あのぉ、高田山関に、ちと話が訊きたくて」

と、声をかけると、すぐに高田山を呼んでくれた。

「よお、このあいだの八丁堀か」

「この前、中途半端《ちゅうとはんぱ》になった話がありましてね。続きをお聞かせしたいと思いま
して」

「わしはべつに聞きたくもないけどな」

「まあ、そうおっしゃらずに」

土間の向こうが、一段高くなった座敷になっている。そこへあげてもらう。

後ろから、清兵衛が声をかけてきた。

「失礼だが、北町でちぢれすっぽんとあだ名されているお人では？」

「ええ、まあ」

嬉しくもないあだ名だが、そう言われているのは事実である。

「髷がちぢれて見かけは悪いが、事件に食いついたらすっぽんみたいに離れないらしいね」

「さて、どうだか。なにせ、人がつけたあだ名だもんで」

内心、見かけが悪いはよけいだろうと思った。

このやりとりを聞いた高田山が、

「そうか。すっぽん同心か。なんだか、あんたを食いたくなってきたな」

「おいおい」

なかば本気のような顔に見え、剣之介は思わず、亀のように首を引っこめた。

「それで、中途半端の話ってえのはなんだい？」

「ええ。鷲乃松が殺される数日前、夜中に矢を射かけられたのは六人いました。

この人たちの話を、訊いてきたんですが、六人とも鷲乃松とはまったく関係がなかったんです。単に、夜遅くに歩いていたため、とんだ目に遭った。しかも、そのうちの六人のひとりというのが、じつはこのおいら……」

と、剣之介は自分を指差した。

「へえ、そうだったのかい」

「ということはですよ、鷲乃松を撃ったというのも、たまたまってことになる。六人は、適当に見つけたやつを撃ち、鷲乃松だけは狙って撃ったなんて、変でしょ」

「そうだな」

「しかも、鷲乃松は、いろんなやつに殺したいくらい恨まれていたのに、そいつらではなく、たまたま出くわしてしまった通り魔みたいなやつに殺されたことになる。これって、おかしな偶然だとは思いませんかい？」

剣之介は、高田山の顔をうかがいながら訊いた。

表情はあまり変わらない。そもそも、力士というのは顔にもいっぱい肉がついているため、普通の人より、表情がうかがいにくかったりする。

「もっと、不思議なこともありますよ。おいらは、六人が撃たれたところを、ずっとまわって歩いたのですが、狙われたといっても、矢のあたったところは、ずいぶん離れていたんです。つまり、本当に殺す気があったのか。あてようと狙ったのではなく、外そうとして射かけたみたいなんです」

そこまで言うと、高田山は突然、土間に降りて、

「それ以上、訊きたいなら、相撲の稽古相手になってからだな」と、言った。

「え、おいらは相撲はあまり」

「やらないともうこれ以上、あんたとは話をしないぜ」

高田山は浴衣《ゆかた》をはおり、帰り支度《じたく》をはじめた。

「それは、困りますなあ」

「なにも、わしとやれと言うのではないぞ。ここの素人《しろうと》さんたちとやってみろと言うのだ」

「素人ですか……」

「おい金《きん》ちゃん、まわしを出してやってくれ」

高田山にうながされ、剣之介は、しぶしぶまわしを締めた。金がかからないだけ、ありがたいと思えばいい。

「じゃあ、金ちゃんからいけ」

「浅草福井町の前頭筆頭、床屋の金三です」

前に立ったのは、小柄な二十四、五の若者である。ただし、肩の筋肉などは、怖いくらい盛りあがっている。

「前頭筆頭！」

「なあに、町内相撲ですから」

覚悟を決め、思いきってぶつかった。途端《とたん》、剣之介は後ろに飛ばされて、壁のはめ板に激突していた。

「あ、痛たたたた」

「次、お願いします。小結で飾職人の房吉《ふさきち》です」

こちらは、筋肉はそれほどでもない。剣之介はすばやくまわしを取り、食らいつこうと考えた。

ところが、両上手《りょううわて》を取った房吉は、そのまま剣之介を自分の胸あたりまで持ちあげ、叩きつけるように投げた。ぐしゃっという音を自分で聞いた気がした。

「もう、駄目」

「最後にわしがお相手を」

老人の清兵衛が土俵に立った。

いくらなんでも、六十過ぎの爺ぃには勝てるだろう——と、甘く見たのが間違いだった。立ち会うやいなや、剣之介は老人の顔めがけて、つっぱりを炸裂させた。びしびしと頬を張ったときは、快感と後ろめたさを同時に味わった。

ところが、これで老人の闘争心に火をつけてしまったらしく、向こうもつっぱりを繰りだしてきた。一発、喉輪を入れられると、苦しくて足が止まった。そこをばしばしばしと、つっぱりの連続である。

その激しい衝撃に、剣之介は思わず土俵に倒れこんでしまった。

えらい目に遭ったと、座敷に這いあがると、高田山が背中を叩いて言った。

「頑張れば、二段目くらいまでならいけるぞ」

「まいったなあ。それで、さっきの続きですがね……」

「え、まだ訊くのか?」

「そりゃあ、そうですよ。でなきゃ、誰がこんなことまでやりますか?」

「なるほど、さすがにすっぽんと言われるだけあるな」

「さっきの続きですが、六人については、わざと外したように見えるくらい殺意が感じられなかったのに、鷲乃松だけはたった一本の矢で成功した。しかも、ほかの六人はどれもかなり夜が更けて、町の木戸も閉まってからのことだったが、鷲乃松だけは、まだ人通りも多い、七つごろだった」

「ふうん」

「不思議でしょう？　だから、おいらは考えました。もしかしたら、こういうことなのかなと思ったんです」

「どういうことだ？」

「闇夜に矢を射かけた事件は、ただの見せかけだったんじゃないかとね。目的はただひとつ、鷲乃松を殺すことだけなんです。そして、鷲乃松を殺したのは、その闇夜の射手だったと思わせたかった」

「よくわからんなあ」

　と、高田山はそっぽを向いた。

「それと、これは重大な手がかりになると思うのですが、おいらは近くに射かけられた矢を抜こうとしたんです。柳の木に刺さっていたんですがね。すると、すごく深くまで突き刺さっていて、抜くのが大変でした。刀の先でほじくりだしたほどですから」

「よほどの強弓だったんだな」

「ええ。それで、その射かけた男は、舟に乗ってましてね、すぐに対岸へと逃げ去ったのですが、これがすごい速さだったんです。とても、あんなに速く、艪《ろ》を漕ぐなんてことはできねえ。よほど怪力なんです。しかもですよ……」

「なんだ？」

「菰《こも》をかぶっていたのですが、背は小さいんです。子どもかと思いました。だが、手の長さは見えていたので、考え直したのですが、たぶん膝を折っていたんですよ」

「膝を……」

高田山の声がかすれ、目がうつろになっているようだった。

「でも、膝を折ってあれくらいの背丈だとすると、膝を伸ばしたときには、これっくらいはある」

と、剣之介は手のひらを、高田山の頭のあたりまでかざした。

「なんでえ。あんた、わしを疑ってるのか？」

「ですから、同心はあらゆる人間を疑うんです」

「そんなに力があって、でかいとなると、相撲取りだけだってか」

「だけとは言いきれませんが……。ところで、高田山関は、弓取式《ゆみとりしき》をやっていたことがあるとか？」

と、剣之介は訊いた。これは、古い相撲好きから聞いてきたことだった。

「ああ、やってたよ。でも、あれは、矢なんて撃たねえし、だいいち……」

「だいいち、なんですか？」

「いや、なんでもねえ。弓取のことなど、自分でも忘れていたのさ」

そう言って、高田山は鍋に手を伸ばした。

ここは、囲炉裏《いろり》にちゃんこがかけてある。腹が減ったら、勝手に食っていいらしい。金持ちの隠居だからこそできることである。

高田山はそれを食った。

だが、どんぶりに餅こそ五つほど入れたが、それ以上、おかわりするわけでもない。この前みたいな、桁外《けたはず》れの食欲ではない。

「ごっつぁんです」

と、箸を置いた。

「この前より、ずいぶん食べませんね」

「あはは。あんときは、こっちも必死で食ったのさ。いつもあんなに食ったら、いくら相撲取りでも腹をこわしちまうぜ」

「そんなものですか。ところであのとき、〈つるまつ〉の玄関口に、誰かが矢を放ったと報《しら》せてきた女がいましたよね」

「ああ」

「その女の顔を覚えてますか?」

「いや、覚えちゃいねえ。わしは、ほとんど後ろ向きだったし、すぐに二階にあがっちまったからな」

「ふうん。じつはそこのところがわからないんです」

「なんでえ?」

「いや、女がいきなり入ってきて、とんでもないことを告げたわけですよね。まずは、この女がまともな女なのか、言ってることは大丈夫なのかと、問いかけたりするのが普通なんじゃないかと思ったんです。すぐに鵜《う》呑《の》みにして、二階へ駆けあがるかなと?」

「だが、鵜呑みにして、あがっちまったんだからしょうがねえ。実際、あがったら、あんなことになってたじゃねえか」

「そりゃそうですが……この女が見つかればいいんですが、捜すのが大変でしてねえ」

　剣之介がそう言うと、高田山はいくらかほっとしたような顔になった。

「どうだい、亀無さん。腹もいっぱいになったことだし、やっぱりわしが稽古をつけてやろうか」

「じょ、冗談じゃねえ。では、また」

亀無剣之介は、大あわてで、外に逃げだした。

六

——やはり、おらぬか。

剣之介は、隣の松田家の物干し場をのぞきこみ、落胆のため息をついた。のぞいたのは、女物の腰巻《こしまき》である。

松田の奥方の花江は、小柄な人なので、腰巻も短い。志保は、女にしては背丈があるので、腰巻も長い。その長いほうの腰巻があれば、志保が戻っていることになる。

だが、長い腰巻はない。

短いのが二枚、干してあるだけである。

そのとき——。

「うわっ」

と、剣之介はのけぞった。生垣《いけがき》の下からいきなり松田重蔵の顔が現れたのだ。松田重蔵は、町を歩くだけで、娘たちがきゃあきゃあ騒ぐくらいの美男である。そういうきれいな顔が、表情もなくぬっと出てくると、なおさら怖い。

加えて、腰巻なんぞのぞいていたという後ろめたさもあるから、危うく腰を抜かすところだった。

「なにをそんなに驚いているのだ」

「あややや、いや、ただ、突然だったもので」

「志保はまだ、戻ってないぞ」

と、松田は言った。からかっているような顔でもない。

「え、べつに、志保さんのことは」

松田は無神経なくせに、いきなりこっちの気持ちを汲み取ったりするときもある。

だが、こっちの気持ちがそうだとしても、もう少し、遠慮というか、男の羞恥《しゅうち》心への思いやりというか、そういう言い方はできないものだろうか。

「それより、あっちはどうだ？」

と、松田重蔵が訊いた。松田は話題をいきなり変える。

「鷲乃松の件ですな。じつは……」

謎はまったく解けていない。

怪《あや》しいのは高田山である。

高田山は、鷲乃松の死で、なんの得もなかった。そうなることはわかっていた節《ふし》もあった。とすると、高田山に動機はなくなる。

だが、あの日、高田山がわざわざ鷲乃松のところを訪ねてきたことに、動機はひそんでいるのだと、剣之介は思っていた。

高田山が鷲乃松を殺したとする。しかし、その方法はわからない。

矢を放ったと言っていたのは、その通りかかった女だけである。射手は誰ひとり、目撃していない。だが、鷲乃松が矢を射られて死んだことは、たしかなのである。

剣之介は、こうした疑問を松田重蔵に語った。

松田は塀に肩肘をかけ、よりかかるように話を聞いていたが、にやりと笑い、

「簡単だな」と、言った。

「簡単ですか？」

「おれは、全部、わかったよ」

全部のところを、じぇーんぶという言い方をした。

剣之介は内心、信じていない。いつも、恐ろしいくらい突飛《とっぴ》な推論を聞かされる。今度も、どういう顔をしたらいいか困るくらいの推論になるのだろう。

「女はぐるだな」

「それはおそらく」

あのような条件で、誰の手助けもなしに、鷲乃松を殺すことなどできまい。

「いいか。高田山はやはり、二階のどこかに弓矢を隠していたのだ。楊弓《ようきゅう》なんざ小さいから、どこにだって隠すことができるさ。それで、女は下から、二階の鷲乃松と話をした。色っぽい誘いなんかもかけたりしただろうな。そのとき、女はいまから二階に行きますからと、約束をしたのさ」

「はい」

剣之介は、いつになく耳を澄ました。

「ところが、ここからが肝心だぞ。女は入るふりをして、玄関口で、いま誰かが二階に矢を放ちました、と言うのさ。そこで高田山は駆けあがって、隠しておいた弓と矢を取りだした。鷲乃松は窓から離れて、女を迎えようと、こっちにやって来る。そこを高田山が狙いすまして、矢をひゅっと放つ。すぐ近くだからな。

外しようもねえさ。その弓は、すばやく下にいた女に投げて、行方《ゆくえ》をくらまさせる。もう、証拠はどこにもねえ。こういうわけだ」

「ほう」

剣之介は正直、感心した。松田重蔵の推測のなかでは、いままでいちばんまともではないか。

——本当にそうなのか。

もう一度、頭の中で、その手順を確認した。悪くはない。

だが、すばやくつがえて撃つというのが解《げ》せない。鷲乃松が黙って弓矢で殺《や》られるものだろうか……。

考えていると、松田重蔵は、

「細かいところは、おまえが詰めろ。手柄《てがら》もおまえにやるよ」

と言って、母屋《おもや》のほうに消えた。実際、松田は気前がいいのだ。

七

消えた女を捜すことにした。

やはり、ひとことだけ言っていなくなったあの女を見つけだきないことには、いくら頭の中で考えても流れは見えてこない。

高田山とはどんな仲なのか？

まずは、高田山を見張るべきだと考えて、岡っ引きを使い、見張らせることにした。剣之介はふだん、あまり岡っ引きを使わない。岡っ引きだって、ただでは使えないからである。だが、松田重蔵に頼んで、北町奉行所に出入りしている平《へい》三《ぞう》という男を張りこませた。

だが、女は浮かびあがってこない。

高田山は女のところに行かないのだ。

江戸でひとりの女を見つけだすというのは、容易なことではない。

ましてや、剣之介は女の顔さえ見ていないのだ。

平三には見張りを続けさせたまま、料亭の〈つるまつ〉でもう一度、くわしく話を訊いた。女を見た者は少ない。顔を正面から見たのは、仲居のお冬《ふゆ》、ただひとりだけだった。

「いい女だったたんだってな」

「ええ」

「芸者風か？」

「いや、芸者じゃないと思います」

「お歯黒《はぐろ》は？」

「してませんでした」

人の妻ではない。

「でも、娘にしては少し、歳がいっていたように思いましたけどね」

これだけでは、江戸中の女から、ひとりを洗いだすことはできない。

しかも、どれもこの前、すでに聞いたことである。ほかに思いだしたことがあるかもしれないと思って訊くが、自分でも嫌になる。訊かれるほうも、うんざりしているのがわかる。

ただ、この日はついていていた。

「あのう」

後ろから声をかけられて、振り向いた。汚い顔をした爺さんが笑ってる。

「下足番《げそくばん》の捨吉《すてきち》です。爺っつぁん。嘘言っちゃだめだよ」

と、仲居のお冬が言った。ほら吹きの癖《くせ》でもあるのだろう。

「嘘なんか言うもんかね。おら、そんとき、こっちにこうやって坐っていたから、正面の顔はほとんど見えなかっただ」

「そうか」

がっかりした。なにかもらいたくて、口をはさんだだけなのか。

「でも、その女が手にしていたものは見ただよ」

「なんだ？」

「おかしなものでね、棒の先に、お札が四、五枚ついてたんだ。それには字も書いてあったりしたよ」

ついに、めずらしい証言が出てきた。こういうものこそ、貴重な手がかりになるのだ。

「なんて、書いてあった？」

「への四千五百三十八番」

「そりゃあ、下足札の番号か？」

「下足札に四千なんて数字はありませんや。千代田《ちよだ》のお城に下足番がいれば別でしょうが。ありゃあ、富くじのハズレ札でしょうな」

棒の先に、なぜ富くじのハズレ札などをつけなければならないのか？

「ありがとよ。爺っつぁん」

お礼を期待しているふうだったが、無視して外に飛びだした。

両国橋を渡って、柳原堤《やなぎわらどて》を右手に見ながら、神田川沿いを急いだ。和泉《いずみ》橋を渡り、神田佐久間《さくま》町へとやってきた。

ここに物知りの元岡っ引きがいる。

神田の八蔵《はちぞう》。もう六十近いはずである。

若いときは易者《えきしゃ》だった。三十代と四十代のころにお上《かみ》の御用を勤め、いままた易者に戻っている。変わり種《だね》だが、巷《ちまた》の事情には恐ろしく通じている。

「八蔵さん。いたかね」

戸を開けると、火鉢にもたれて転寝《ごろね》をしていた。

「おや、ちぢれすっぽんの旦那」

「それを言うなって」

剣之介は苦笑いをする。

「褒め言葉じゃねえですかい」

「教えてもらいてえことがあってな。棒の先に、富くじのハズレ札を、何枚か結んだものがあるらしいんだが、知らないかね？」

「ああ。そりゃあ、柳森《やなぎもり》神社だ」

「柳森というと、柳原堤か」

ちょうどこの佐久間町と堀をはさんで向かい側である。昔からの神社で、富士山を模《も》した人造の富士も作られている。

「ええ。あそこに二十年ほど前に、ふぐ塚ができましてね。ふぐの料理人たちが、中毒するやつを出してはいけねえってんで、ふぐを祀《まつ》ったんです。それを〈当たらぬさま〉とか呼んでるんですが、その縁起物《えんぎもの》もありまして、棒の先にハズレの富くじの札を四、五枚くくりつけ、〈当たらぬ棒〉と呼んでますよ」

「それは初耳だ」

「だって、ふぐを扱う料理屋なんて、そう多くはねえ。しかも、まだ、そんなに知られていねえ神さまだもの」

「親分。ありがとよ」

「なあに。あっしはまだ、現役のつもりでさあ。そのうち、声をかけておくんなせえ」

「わかった。約束するぜ」

本当に、こういう男は、単に歳を取ったというだけで埋もれさせておくのは勿《もっ》体《たい》ないのだ。

和泉橋から引き返して、柳原堤の柳森神社にやってきた。

――これだな。

〈当たらぬさま〉は、境内の一画《いっかく》にあって、あまり目立たない。ふぐをかたどった石碑だが、自然石を少し削っただけらしく、ふぐにも見えれば、魚を取る網のようにも見える。

掃除をしていた神主《かんぬし》に訊いた。ここも寺社奉行が管轄《かんかつ》するところで、面倒なことを言われたら、また許可だのなんだのという話になる。だが、さいわい神主はさばけた人で、こちらの問いにも答えてくれた。

「ここで縁起物を売っているらしいね」

「そう。お参りにきたというしるしを欲しがるものなんだよね」

「棒の先に、ハズレ札をつけたとか。タダで仕入れができるな。うまいこと、考えたもんだ」

「わたしが考えたんじゃない。ここの氏子《うじこ》がね」

「何人くらい買うのかね？」

「少ないよ。ふぐ料理屋そのものが多くないんだもの」

「十人くらい？」

「もう少しいたかな。十二人……くらいか」

「そのなかに、娘というにはちょっと年増《としま》だが、いい女はいなかったかい？　お歯黒はしてなくて、芸者ふうでもないんだ」

「あ、そりゃあ、柳橋《やなぎばし》の料理屋〈つたの家〉のおかみじゃないか」

「〈つたの家〉だね」

「ふぐ屋のおかみはたいがい、ふくれっつらだが、あのおかみはいい女だね」

案内するというのを、御用だからと断った。これでふぐなんぞたかられたりした日には、剣之介とおみちは、明日から晩飯抜きになる。

「いらっしゃい」

と、女の明るい声で迎えられた。せいぜい十人も入ればいっぱいになる小さな店だった。

剣之介が八丁堀の同心であることは、ひと目でわかるはずである。

だが、女の顔色が変わった様子もない。後ろめたいことはない、ということなのか。

「ふぐが食えるほど、懐《ふところ》が温かくなくってさ」

「おや」

「ふぐを食わなくても、飲ませてもらえるかい？」

正直に訊いた。情けないが、背に腹は代えられない。

「もちろんですよ。うちは、ほかの魚もうまいんですよ。鯖《さば》でも焼きますか？」

それならたいした額にはなるまい。

「頼んだよ」

魚は裏手ではなく、客が見えるところで焼く。手のうちを全部見せるというのが、この店のやり方らしい。ふぐを扱うには、そのほうが客も安心するだろう。

「つたの家って言うんだよな、この店」

焼いた鯖が出たところで、剣之介は訊いた。

「ええ。あたしがおつたって言うんです」

――おつたさんか。

と、剣之介はつぶやいた。歳は二十七、八といったあたりか。たしかに、芸者ふうではないが、いい女である。長屋のおかみさんでは、おさまりが悪い。やはり、こういうこぢんまりした店のおかみ以外、ぴったりした場所は思い浮かばない。

あと、強《し》いてあげれば、売れてる噺家《はなしか》の女房といったところか。売れない噺家じゃかわいそうだ。

「相撲が好きなのかい？」

「どうしてですか？」

「そこにあるのは、亀沢神社のお札だろ。野見宿禰《のみのすくね》を祀《まつ》ってる。相撲の神さまだろ」

「あら。よくご存じですね。今年のじゃなくて、三、四年前にもらったんです。もう、ご利益も落ちちゃってるでしょうね。でも、相撲が好きったって、女は見物さえできませんからね」

「まったくだ」

志保のこともそうだが、相撲というのは、なぜそれほど女に冷たくしなければならないのだろう。見たかったら見せてやればいいのに、と剣之介は思う。

「でも、道で会うと、お相撲さんはいいですねえ」

「そりゃあ、いいさ。鬢付《びんつ》け油がぷうんと匂ってさ」

「昔、うちで働いてくれてた板前がね、相撲取りになったんですよ。そのお札も、出世するようにってもらったんです」

「へえ。出世したのかい？」

「駄目みたいです。久しぶりに会ったら、ふんどしかつぎだって、言ってましたから」

「厳《きび》しい世界だからな」

「ほんと。でも、男の人のなかには、好んで厳しい世界に行きたがる人もいるんですよね」

「そうだな。でも、そういう男は、女にとっちゃ魅力があるんだよな」

「女によってですけどね」

自分もその口《くち》だという思いを、言外《げんがい》に感じた。しっとりして見えるが、芯は強いのだろう。怒らせたら、凄《すご》みも出るかもしれない。志保などは、この女に比べたら、弱すぎるくらいだろう。

「ごめんよ」

あらたに、ふたり連れの客がきた。

「また、来るよ」

剣之介は立ちあがった。本当に、また来てみたい店だった。

八

二月の末に快晴の日が続き、春場所はとんとんと取り組みが進み、三月を待たずに千秋楽を迎えた。

高田山宗右衛門は、十戦全勝。もちろん優勝である。

本来なら、当然、大関に推《すい》されるはずだった。だが、鷲乃松の出来事もあり、やはり慶事は控《ひか》えられることになった。

その夜は、信夫藩の江戸藩邸でささやかな優勝祝いの宴《うたげ》が開かれた。財政が苦しいことはわかっているので、高田山も気がひけたが、贔屓筋からの差し入れが山のように届き、藩には迷惑をかけずに済んだらしい。

北町奉行所の同心、亀無剣之介から呼びだされたのは、その翌日のことである。

伝えてきたのは、背の高い中間《ちゅうげん》だったが、有無《うむ》を言わさぬという亀無の気合が、伝言にも感じられた。

初めて会ったころなら、無視したかもしれない。だが、何度か会ううちに、あの男を侮《あなど》る気持ちは消え失せていた。

指定されたのは、料理屋の〈つるまつ〉だった。

そこにはもう、行きたくはなかったが、しかたがなかった。

「よぉ、来てくれましたかい」

顔を出すと、亀無が迎えに出てきて、一緒に二階の部屋にあがった。背の高い中間は、下で待っているらしい。

ここで、飯でも食いながら、話がしたいというのだった。

亀無の表情が、これまでより沈んでいるのが気になった。やはり、下手人の見当はつかないままなのか。だが、

「鷺乃松の話ですがね、今日で終わりにしますよ」と、亀無は言った。

「そいつはいい。もうふた月も前のことだもの、だんだん忘れちまって、なにか訊かれても答えようもなくなっちまうさ」

「いろいろ考えましてね。やはり、あのとき、鷺乃松に矢を射かけた者は誰もいなかったんだと思ったんです」

「へえ、どういうことだね」

高田山は気をつけてしゃべろうと思った。この男と話していると、つい言葉尻《ことばじり》で引っかけられ、よけいなことを言ってしまいそうになるのだ。

このあいだも、弓取式の話が出たときに、ついうっかり、使われた弓は楊弓だったじゃねえかと言いそうになったのである。だが、弓が楊弓だったことなど、誰も知らないのだ。瓦版の絵にしても、普通の弓を使う下手人が描かれていた。

この男は、見た目よりずっと凄腕《すごうで》の同心なのかもしれない……。

「じつは、この部屋でおもしろいものを見つけたんです」

「なんだな、おもしろいものとは？」

「これですよ」

と、亀無は窓際に近い畳を示した。

「ここに傷があるでしょう。これ、よく見ると、なにかが浅く突き刺さったような跡《あと》なんです。それで、もしかしたらと思って、鷲乃松に刺さった矢を合わせてみたら、まさにぴったり合うんです。あの矢のやじりが刺さった跡なんですよ」

「…………」

高田山は落ちつかない気分になってくるのを感じた。

「なんで、こんなところにやじりの跡がついたのか、不思議でした。鷲乃松の胸には、一本の矢が深々《ふかぶか》と突き刺さっていた。ほかに射そんじた矢などはありません。それで、こう思ったんです。この矢は、下からひょいと投げこまれたんじゃないかと」

「下からだと……」

「ええ。あの女がですよ。女はそのあと、誰かが二階に矢を射こんだと告げ、あとは立ち去ってしまったんです」

「その矢がなぜ、鷲乃松の胸に？」

「それは、階段を駆けあがってきた高田山関が、すばやくそれを取って、鷲乃松の胸に突き刺したからなんです」

亀無がそう言うと、高田山は、

「あっはっはっは」

と、大声で笑った。

「こいつはおもしろいぜ」

「おもしろいですか」

「ああ。同心さまよ。あんた、大関という力士のすごさを見くびってるぜ。鷲乃松は、看板大関などというインチキじゃねえ。実力でなった大関だ。人間としては最低の嫌な野郎だったけど、あいつの強さは本物だった。矢を取って、わしが突き刺そうとしたとき、大関はなんの抵抗もしねえのかい？　わしは、たしかに正々堂々と相撲を取れば、鷲乃松に勝つ自信はあった。だが、声も立てさせずに、ただのひと突きであいつを殺せる自信はねえぜ」

高田山はそう言って、亀無を正面から見た。

「おいらも、それがわからねえところでした」

亀無がそう言ったとき、下から仲居たちがあがってきた。大きなお膳を何段にも重ね、ふたりの前に並べていった。

「じつは、今度、うちでもふぐ料理をはじめましてね」

と、仲居が言った。

「新しく板前を雇ったのかい?」

と、亀無が訊いた。

「そんな余裕はありませんよ。旦那がね、修業してきたんですよ。よその店で十日ほど」

「そいつはいいや。さあ、高田山関。食いましょう。おいらも、ふぐなんざ食ったことがねえから、楽しみだ」

亀無はそう言って、並んだふぐ料理に次々と箸をつけていく。

「へえ、うまいもんだ。ふぐってえのが、こんなにうまいとは知らなかった。なんでも、藩によっては、ふぐを食うのを禁じているところもあるらしいですね。そうは言っても、どうせ内緒で、皆、食ってるんでしょうがね」

亀無が箸をつけていくのを見るうちに、高田山の眉根に深い皺《しわ》が現れた。

――あれは……。

小鉢《こばち》に入ったそれは、身《み》ではなかった。内臓だった。

――ど素人《しろうと》が……。

高田山は呆れた。

旦那が十日ほど修業してきただと。そんな修業で、ふぐなんか捌《さば》けるわけがないのだ。現に、こんな猛毒のあるところを客に出しやがった。

亀無はついに、その小鉢に箸を伸ばした。

このまま黙っていれば、こいつはふぐの毒で、四半刻もしないうちにお陀仏《だぶつ》だろう。最初、口のまわりが痺れはじめる。それが徐々《じょじょ》に全身へとまわり、しまいに息もできなくなって死ぬのだ。ふぐにやられたら土に首まで埋まるといい、なんて言うやつもいるが、そんなのは大嘘だ。ふぐの内臓を食ったら、まず助かることはない。

そして、こいつが死ねば、こうるさい町方も、もう二度とわしの前には現れなくなるだろう……。

　亀無が箸を伸ばし、小鉢の中身を口に入れようとした。

「やめろ」

「え」

「そいつを食っちゃ駄目だ。そこは毒だぜ」

「そう。毒、なんです、よね」

と、亀無がひとことずつ区切るように言った。

「なんだって？」

と、高田山が訊き返した。毒だってことを知ってたのか？

「おいらも、鷲乃松がそんなに簡単に胸を刺されるのはおかしいと思った。だが、二階に行ってしばらくして、鷲乃松が動けなくなっていたら、どうだろう？　毒のようなものにあたったかして……」

「おいおい、鷲乃松は皆と同じものを食ってたんだぜ。わしだって、同じ鍋を突《つつ》いたんだ。なんで、鷲乃松だけ、毒にあたらなくちゃならねえんだ？」

「ええ。でも、あの日、高田山関は、ここに来たときに差し入れを持っていた。それは、鷲乃松の大好物だった。ただ、鷲乃松だけが大好物で、ほかの人たちは、あんな気味《きみ》の悪いものは、とてもじゃないが食う気にはなれなかった」

「…………」

「鶏のとさか、ですよね。それも刺身だから、あのかたちのまま。おいらには食い慣れねえが、あれを好んで食う人もいるんだから驚きですよ。鷲乃松がそうだった。だから、それを差し入れたら、ほかの人は食べずに、鷲乃松だけが食べることはわかっていた」

「だが、とさかに毒はあるのかね」

「そのとさかの中に、ふぐの毒を仕込んだんですよ」

「…………」

「普通の人にはできない。だが、昔、ふぐ料理の店で板前をしていた高田山関ならできることだったんです」

　亀無はそう言って、持っていた小鉢と箸を下に置いた。

　この男、わしがなにも言わなかったら、食うつもりだったのかと、高田山は思った。なにをしでかすかわからない、桁外《けたはず》れなものを、亀無に感じた。

「おつたさんに会いましたよ」

「えっ」

高田山は息を飲んだ。

あれ以来、おつたのところには行っていない。二度と行くつもりもない。かかわりがあったとわかれば、迷惑がかかる。それだけは避けなければならない。だから、おつたのことは絶対に知られないと思っていた。

「どうやって？」

「おつたさんは、高田山さんと約束したこの場所に来る前に、柳原神社にあるふぐ塚で、お参りをしてきたんです。ふぐにあたらないようにと祈る神さまでね。そこで、〈当たらぬ棒〉という縁起物をもらっていて、それが手がかりになりました」

「そうだったのか」

「でも、おいらは思ったんだけどね。おつたさんは、ふぐの毒にあたらないためだけで、その縁起物をもらったのかなと」

「どういう意味だい？」

「矢を二階の窓に投げ入れてくれと頼まれた。その矢を誰かに射るのかと不安に思った。人を傷つけるようなことはしてほしくない。その矢はどうか、的《まと》を外れてほしい——と、そんな願いもあったんじゃないですかね」

「……………」

高田山はうつむいたまま、顔をあげることができなくなっていた。こみあげてくる思いがあった。

やがて、ぽつりぽつりと語りだした。

「親切な人でした……ずいぶん世話になったわしが、相撲取りになりたいと言うと、ほんとは困るはずなのに、頑張《がんば》ってと送りだしてくれた……男は夢に向かって突き進むのが、いちばん幸せな人生なのよって……なんの恩返しもできないままに、ろくでもねえ頼みをしちまった……あの人は、なにも知らずにやったことなんです。どうか、あの人はそっとしておいてもらえねえでしょうか？」

嗚咽《おえつ》しながら、やっとそこまで言った。

「もちろんです。おつたさんを咎《とが》める気持ちなんざ、これっぱかりもありませんよ」

「ありがとうございます。ご推察のとおり、わしが鷲乃松の胸を、矢で突き通しました」

高田山は、がっくり首を垂れた。

亀無剣之介は〈つるまつ〉の払いを終えると、高田山と一緒に外に出た。

懐《ふところ》はおおいに痛んだ。なんとか、この分だけでも、奉行所で出してもらえないか、松田重蔵には交渉してみるつもりだった。

〈つるまつ〉の前の道は、大川に沿っていて、剣之介と高田山は、立ったまま、川の流れを見た。昨日からの晴天はまだ続いていて、川面《かわも》は青空を映《うつ》して眩《まぶ》しかった。土手に植えられた桜も、ちらほらとほころびはじめていた。このところ流行している染井吉野《そめいよしの》という品種で、早めに咲きはじめるのが特徴らしかった。

「殺そうと思ったのは、八百長《やおちょう》を言いだされたからですね?」

と、剣之介は高田山に訊いた。

「そこまで、お見通しだったとはね」

「だって、鷲乃松のことを聞いて歩いたら、そんなことは容易に推察できますよ。呆《あき》れるくらい卑劣なやつでしたよ。いままでも、八百長はずいぶんやってきたそうです」

「本気でやっても強いんだがね。一度、やってしまうと、だんだん不安になってくるんだろうな。自分の実力が」

「勝負師は大変ですからな」

「わしだけにかかわる八百長ならいいのだが、お世話になっている信夫藩の殿に、向こうの殿さまが無理難題《むりなんだい》を押しつけると脅された。こっちは一万三千石。向こうは表向き三十八万石、実質は百万石と言われる大大名だからな。とても、そんなことをさせるわけにはいかなかった」

「やっぱり。たぶん、そんなところだろうと思ってました。でも、高田山関の気持ちはわかるが、見逃すことはできない……」

「そうだろうな。わしは奉行所に連れていかれるのかな？」

と、高田山が訊いた。

「いや、高田山関はれっきとした信夫藩の武士。町方の役人なんぞが、捕縛できるはずはありませんよ」

と、剣之介は言った。

「では、長州藩に突きだすかい？」

「それもお門《かど》違いでしょうね。信夫藩の武士を、長州藩に突きだすなんてことは、町方の仕事には入っていませんよ」

「だが、向こうの殿さまは、かなり怒ってるんだろう？」

「なあに、てめえの藩士を何人も動かし、目付まで動かしたって、捕まらなかったんですぜ。たかが町方の木っ端《こっぱ》役人に、そんな手柄《てがら》が立てられるはずがないでしょう。期待なんて、最初からしてませんよ」

と、剣之介は鼻先で笑った。

「じゃあ、どうする気なんだい？」

「このまま、信夫藩の屋敷に連行し、門の中に差しだします。あとで、うちの与力あたりから、達しがいくと思います。鷲乃松殺しの下手人を差しだしたので、藩規に則《のっと》って、裁いてもらいたいと」

どう考えても、それしかできないのである。

「うちの殿さまは握りつぶすかもしれんぞ。しかも、まもなく国許《くにもと》へ帰るはずだ。わしもお供をすることになっている」

「どうしようもありませんよ」

「あんたって人は……」

「それよりね、もしも、また江戸相撲に復帰することがあったら、会ってやってもらいてえ人がいるんですよ。女のくせに、相撲が大好きでね。その人の目の前で、四股《しこ》でも踏んでもらえたら、どんなに喜ぶことか」

「そんなことなら地面に穴が空くくらい、踏ましてもらうよ」

「それはなによりです」

剣之介は、志保が喜ぶ顔を思い浮かべて、ついにやりとしてしまうのだった。

第三話　死の芸

一

「まいったなあ」

と、若旦那の幸太郎《こうたろう》が頭を抱えた。色白で面長《おもなが》の、女なら誰でもうっとりするほどのいい男だが、いまは不機嫌そうに顔を歪《ゆが》めている。三十をずいぶん過ぎているのに、まるで十歳前後の、聞きわけのない子どもの表情にも見えた。

「大旦那さま、怒ってましたねえ」

いつもふざけている幇間《ほうかん》の三八《さんぱち》も、神妙な顔で言った。

「馬鹿野郎。おまえのせいじゃねえか」

「そりゃあないよ、若旦那」

「だって、おまえが大丈夫、まかせろなんて言うから安心してたんだぞ」

「そんなあ。あっしは、ばれない自信があるとは言いましたが、大丈夫とまでは」

「同じようなもんだろうが」

若旦那の幸太郎は、さきほど吉原《よしわら》から急いで戻ってきたところだった。父親の幸右衛門《こうえもん》から、固く禁じられていた吉原遊びである。

ひと月は我慢していたが、どうにもたまらず、かわいがっている幇間の三八に留守番をさせ、ぱっとひと遊びして戻ってくることにした。

毎晩、寝る前に父親が離れにいる幸太郎にひと声かけてくるが、これに留守番をしている三八が、若旦那にそっくりと言われる自慢の声色《こわいろ》で答えれば、ばれずに済むというわけである。

ところが、この夜にかぎって、父親が親類からのもらい物の在処《ありか》という、幸太郎でなければわからないようなことを訊いたため、三八はしどろもどろになり、ついには身代わりになったことがばれてしまった。

そこに間が悪く、幸太郎が戻ってきたものだから、幸右衛門は激怒し、

「もう吉原には行かないと、証文まで入れたじゃないか。なんだったら、勘当《かんどう》してやってもいいんだぞ。おまえみたいな馬鹿息子は！」

そう言い捨てて、母屋《おもや》に行ってしまったのである。

「これでまた、ひと月ほど夜遊び禁止だ。うちのおやじは、自分は方々《ほうぼう》にお妾《めかけ》を囲ってるくせに、おいらの遊びにはうるせえんだから」

幸太郎の家の三島屋《みしまや》は、浅草黒船町《くろふねちょう》で蠟燭《ろうそく》の卸《おろし》と小売をしている。蠟燭の商いでは、江戸でも指折りの大店《おおだな》であり、ほかに貸家、貸店なども多く持っている。豪商の名に恥じない。

そもそも、蠟燭は貴重品で、不夜城《ふやじょう》吉原は、その貴重品を大量に消費する大のお得意さまである。だから、適当に遊びにいくくらいなら、父親の幸右衛門もそう咎《とが》めることはなかったが、幸太郎はどっぷり浸《つ》かりすぎた。

商売そっちのけで、十日近く居続けたりした。どうしても、足が吉原に向いてしまう。商いには、自分でも不思議なくらい、身が入らない。

「あっしが言えた義理じゃないけど、若旦那もそろそろ商いに本腰《ほんごし》を入れるべきかもしれませんね」

「なんだい、三八。おまえまでそんなこと言うのかい」

「若旦那。あっしらもう、ガキじゃねえ。おたがい、三十もなかばになろうってえ男ですよ。そろそろ遊びは、仕事の合い間にというふうにしないと」

自分でも照れる気持ちはあるらしく、皮肉な笑みを浮かべながら、それでも真剣な目でそう言った。

「おまえ、幇間のくせに、遊びはやめろと説教すんのかい」

「おかしな話ですがね。若旦那のためを思うと」

「冗談じゃねえ。あたしは、こんな店、いつ潰《つぶ》れたっていいと思ってるんだ。いっそ紀文《きぶん》みたいに、なにもかもなくしちまおうかってね」

「そりゃあ、あっしも長年の付き合いだ。若旦那がおやじさんに、いろいろ屈折《くっせつ》した気持ちを持っているのはわかりますよ」

「大嫌いだよ、あんなやつ」

「でも、若旦那はあのおやじさんに甘えている」

「なんだと」

幸太郎は目を剝《む》いた。

いちばん痛いところを突かれたのだ。おやじが嫌いだし、憎い。だが、おやじが怖いし、そもそも庇護《ひご》の下から抜けられない。自分でもわかっているだけに、他人から言われるとむっとする。

ましてや、ずっと一緒に遊んできた幇間の三八からである。

「おまえ、それを言ったか」

「いつかは言わなきゃと思ってたんで」

「終わりだな」

「終わりって？」

「二度と顔出すんじゃねえ」

「若旦那」

機嫌を取りもつように、手を肩にかけてくる。

「うるせい！」

激昂《げきこう》して、目の前にあった鉄瓶を、払いのけるように投げつけた。南部《なんぶ》鉄瓶でずっしり重いうえに、湯も入っていた。それが三八の頭にあたり、
ベコッ。

と、いままで聞いたことがないような、嫌な音がした。

へなへなっと崩れるように、三八は横に倒れた。

しばらくはそっぽを向いて、三八が読みかけにしていた黄表紙《きびょうし》をめくったりしていたが、あまりにも動かないものだから、

「つまらねえ芝居をするんじゃねえ」

と、足で腹のあたりを蹴ってみた。

それでも動かない。顔をのぞきこむと、白目を剝《む》いている。芝居にしては気味《きみ》が悪い。血は出ていない。が、前頭部がへこんでいる。

「三八……」

鼻に手をあてた。息をしていない。胸に耳をつけたが、鼓動もない。死んでいる……。

よほど打ちどころが悪かったのか。鉄瓶があたったくらいで死んでしまうなんて、身体が弱すぎるぜ。

「どうしよう。あたしは人殺しになっちまう。打ち首、獄門……ひっ」

自分の首が日本橋にさらされているところが頭に浮かんだ。それは、なんともまぬけな顔つきの生首だった。

だが、獄門も怖いがそれより怖いものがある。父親の怒りだ。禁を破って吉原に行き、あげくに幇間まで殺した。馬鹿の極致《きょくち》で、言いわけのしようもない。どれだけ怒ることか。父親は怒ると青くなるのだ。あれがまた、気味が悪い。赤くなってもらったほうが、よほどすっきりする。

――なんとかしなくちゃ。

ここにいては駄目《だめ》だ。三八の死体は動かさなければ、隠しきれなくなる。

　ここは、三島屋の広い敷地の裏手にある離れだった。もとは祖母が建てたかした茶室で、幸太郎は茶などやらないから炉《ろ》を潰《つぶ》し、自分の住まいにした。部屋はふた間あるが、ここに子どものころから集めてきた凧《たこ》と、二十歳過ぎてから集めた変わり提灯《ちょうちん》と能面をびっしり飾ってある。壁一面から天井に至るまで、ごちゃごちゃと数が多すぎて、目が疲れるくらいである。

　自分が集めてきたものの中にいると、妙に落ち着くことができる。本当は、吉原などより、この部屋にずっといたいくらいだが、いまはここでくつろいでいる場合ではない。こいつの家まで運んでおかなければ……。

　――酔っ払いを抱きかかえるようにして、連れていくのだ。

　そう決心した。

　だが、途中で誰かに見られたらどうしよう。そんな危惧《きぐ》もある。三島屋の若旦那が、誰かの死体を引きずって歩いていたなどという噂でも立ったら……。

　そうか。入れ替わればいいのだ。あたしが三八に。三八があたしに。

　へべれけに酔ったのがあたしで、介抱《かいほう》しながら引きずっているのが三八。

　そう思われれば、あとで三八の死体が見つかっても、あたしが下手人とは思われない。

咄嗟《とっさ》にそこまで考えた。

幸太郎は、咄嗟の言いわけが得意だった。それは、怖いおやじのおかげかもしれなかった。子どものころから言いわけばかりしていたから……。

まずは、たがいの羽織《はおり》を替えた。鶯《うぐいす》みたいな地の色に、紫の縞《しま》が入った羽織を幸太郎が着た。まったく、嫌な色の羽織である。幇間でなければ、とてもこんな色の羽織など着ることはできない。

自分の大島紬《おおしまつむぎ》の羽織を、三八に着せた。いつか、同じものを作ってやると約束したのに、まだ作ってやってないことを思いだした。

すると、三八に対して、すまないという気持ちが湧いてきた。声色も芸もたいしたことはなかった。それでも、一生懸命やってくれたのだ。

だが、あたしだって、捕まるわけにはいかない。なにせ、この店を継いで、立派にやっていかなくちゃならないんだから。三八が言ったとおりで、心の奥では、遊びはそろそろやめるときだと思っていたんだ……。

おまえだって助けてくれるよな。おいらのためなんだからな。

静かに離れの戸を開けた。

父親は母屋のほうの二階で寝ている。手代《てだい》や小僧なども、もっと中ほどあたりにいる。

それでも、しばらく母屋の物音をうかがい、そおっと三八をかつぎだした。

裏口からかんぬきを外せば、細い路地《ろじ》に出ることができる。外から見ただけでは、扉があるとはわからない。隠し扉のようなもので、ここを出入りするのは、幸太郎くらいのものだった。

幸太郎は手拭《てぬぐ》いで、怪《あや》しまれない程度に軽く頬かむりをした。三八のほうは、顔は隠さないほうがいいと判断した。

三八の左手を自分の左肩までまわし、手首を強く持って身体を密着させた。三八の身体はまだ生温かい。本当に死んでいるのか。できれば、生き返ってもらいたい。さらに、自分の右手で三八の右腰あたりの帯をつかみ、ぐいっと身体を持ちあげるようにした。

これで、引きずるように歩きだした。

さいわい、ここ浅草黒船町の三島屋から、三間町《さんげんちょう》の裏、三八の長屋まではそう遠くない。せいぜい、二町くらいのもの。

あいだには木戸もないし、番太郎たちが詰める番屋《ばんや》もない。

幸太郎と三八の身体つきは、もともと似ていた。兄弟のようだと言われたことも、一度や二度ではない。

「ほら、若旦那。しっかり歩いて」

道端で、そう声に出して言ってみた。

三八に留守番をやらせるつもりでいたから、声色が父親にばれないよう、少し前からわざと声を枯らして、三八に似せておいた。三八はかすれ声なのだ。

これもさいわいした。夜道に響いた声は、われながら三八にそっくりだった。

「もう、重いなあ、若旦那は」

幸太郎が酔い、三八が介抱する。実際、いつもはそんなふうだったのである。

重い。恐ろしく重い。死んだ人間が、こんなに重いとは、思わなかった。

「おっとっと」

三八の首が目いっぱい、後ろにそっくり返る。生きている人間なら、ここまでだらしなくは曲がらない。

つっかえ棒でもしたいが、そんなものは見あたらない。しかたないから、脇の下からまわした手の指先を、三八の髷の中に突っこむようにして、ぐらぐらしないよう支えた。なんか気味《きみ》が悪い。

今宵はたしか、三月十七日。月はほぼ真ん丸である。

春の夜風が心地《こここち》いい。

風のどこかに花の匂いが混じっている。甘やかな匂い。こんな夜に、家でおとなしくしてろというのが土台《どだい》、無理なのだ。夜風が囁《ささや》いているんだもの。遊びに出ろよ。外はおもしろいことだらけだぞって。

三間町までは、店の前の通りを北に行き、少し左に折れるだけだが、ここは吉原帰りの客などで、夜中まで人通りがあったりする。現に、向こうから来ているふたり連れもいる。それよりは、ほんの少し遠まわりになっても、大川の河岸沿いに行ったほうがいい。

右に曲がった。途端《とたん》、少し先に夜鳴き蕎麦屋が出ているのが見えた。

——どうしようか。

と思ったが、引き返すのも不自然である。おやじは葱《ねぎ》でも刻《きざ》んでいるらしかったので、できるだけ離れて通り抜けようとした。

「あったかい蕎麦はどうですかい？」

蕎麦屋が話しかけてきた。腹が減っているので、出汁《だし》と醬油《しょうゆ》の混じった匂いが、なんともこたえる。熱いぶっかけに天ぷらをのせて、ずるずるっとすすりたい。

だが、そんな場合ではない。

「若旦那、どうします？　え、食いたくない？　悪いな、また、今度な」

しらばくれて通りすぎた。

そっと後ろを向くと、おやじはまた包丁をとんとんいわせている。不審な感じは与えずに済んだらしい。

月明かりを避け、片側町の戸の閉まった店の軒先《のきさき》をつたっていく。

ふと、足元にハアハアという熱い息を感じた。

「うぉっ、びっくりさせるな！」

油問屋の、ちょっと引っこんだところに犬がいた。

首に縄がついているので、野良《のら》ではない。番犬にしているのだろう。茶色の、なかなか賢そうな犬で、首をかしげてこっちを見ている。

吼えられるかとぎょっとしたが、吼えない。

「よっ。偉いワン公だね」

こんなにおとなしかったら、番犬の役目は果たせないだろうに。

だが、しばらく行くと、誰かが吼えられていた。犬にも好き嫌いというやつがあるのか。それにしても、いちばん怪《あや》しい男を見逃したわけだ……。幸太郎は、こんなときなのにおかしかった。

河岸沿いにさらに行くと、今度は夜鷹《よたか》が柳の木の下にいた。

幽霊か、と真剣に思った。

顔も月の影に入り、はっきりと見えない。白いものがぼうっと光っているように見えるだけである。きっと、まともに見たら、こいつを抱こうなんて気にはなれないのだろう。

「遊んでいきなよ」

と、夜鷹がしゃがれた声で言った。

「また、今度な」

「その人、大丈夫かい？　死んでるんじゃないのかい？」

「な、なんで、そんな薄気味《うすきみ》悪いこと言うんだよ」

「だって、目が開いてるよ」

「え」

三八を放り投げて、駆けだしたくなった。

「しかも、目が開いてんのに、目が光ってないよ」

「馬鹿野郎、猫じゃあるまいし、目なんざ光ってたまるか」

道の反対側を急いで通りすぎる。

「幇間だろう？　ときどき通る？」

まだ、なにか言ってやがる。

「へっ、あっしは幇間でげす。だけど、今日はちと急ぎの用で」

と、幸太郎は怒ったように答えた。

「あんたじゃないよ。そっちの人だよ」

「冗談言うな。このお方は若旦那さ」

「ふうん」

怪訝《けげん》そうな声を出す夜鷹を尻目《しりめ》に、急いで逃げた。

目が開いてるだって？　さっき閉じてやらなかったっけ？

左手を伸ばし、両目をふさいだ。泣きたいくらい怖い。

川から猪牙舟《ちょきぶね》の船頭が声をかけてきた。そこの船宿〈よし川〉の船頭で、いつも川べりで煙草《たばこ》ばかり吸っている男だ。

「そこを行くのは、三八か。また、若旦那の介抱《かいほう》か？」

「そうなんでげす。弱ったもんでげす」

「いいから、そこらにうっちゃっちまいな。馬鹿息子は、ちっと痛い目に遭わせたほうがいいんだよ」

あの野郎、なんてえことを言いやがる。あいつの舟は二度と使わねえからな、と内心で毒づいては見たが、適当な返事をしなければならない。

「そうもいきませんよ。これでも若旦那はいい人なんだから」

「そうかねえ。皆、どうしようもねえ馬鹿息子だって言ってるけどねえ」

むかむかしながら、河岸沿いから左に細い道を抜けた。

お稲荷さんの脇を過ぎて、ここはもう三間町。三八の長屋は、路地を入ったところにある。汚い長屋だが、三八を誘うため、何度も来たことがあった。いま思えば、旦那と幇間という関係より、友達同士だった気もする。

「ほら、若旦那。入って、入って」

路地にひとけはなく、すばやく三八の住まいに入りこむ。死体を畳におろすと、どっと疲れがこみあげてきた。

このまま置きっぱなしにしても、誰かに撲殺《ぼくさつ》されたことになるだろう。

家で転んで、頭を柱にぶつけて……。それじゃ、いくらなんでもまぬけすぎる。家の中を見まわした。隅に火鉢《ひばち》がある。これにぶつけたことにしてもいい。

――そういえば……。

三八には、付き合っている女がいた。幸太郎もくわしくは知らないが、料亭で仲居をしている年増女《としま》らしい。その女は、料亭の裏手に住みこんでいるのだが、女のところに通うときは、天井裏の明かりとりから縄をおろし、それをつたって降りるのだと言っていた。

ところが、なかなかうまくいかず、落っこちそうになったこともあるらしい。だから、天井に縄をぶらさげてときどき練習していると、三八は言っていた。

――それがいい。

その練習をしていたが、失敗して、下にあった火鉢に頭を打って死んだ。いかにも幇間らしい死にざまではないか。

火鉢を部屋の真ん中に引っ張りだし、天井の梁《はり》に、実際これを使っていたらしい細い縄を結んだ。

――これでいいか？

いや、まだやることがある。自分はここで酔いを醒《さ》まし、三八に別れを告げて、家に帰らなければならない。そのことは、この長屋の連中にも知っておいてもらう必要がある。

「じゃあ、三八、あたしは帰るよ」

そう言って、戸を開け、外に出たとき、隣の男が湯屋から戻ってきた。

幸太郎は咄嗟《とっさ》に、ある芸を思いついた。戸口に身体を半分だけ見せ、自分の左手を他人の手のように見せかけ、それで袖を引かれたり、首をつかまれたりする。わきから見る分には、ふたりいるように見えるという幇間の芸で、幸太郎はこれを自分でもできるようになっていた。

「おやめよ、三八。あたしはもう帰らないと、おやじからまた、怒られるんだ。はいはい、また明日な」

三八を押し戻したふりをして、戸を閉めた。それから、隣の男に「おやすみなさいよ」と軽く挨拶して、路地から外に出た。

これでまだ、終わりではない。今度は、もう一度、長屋に戻り、三八がひとりでいるところを演じなければならない。

そっと引き返し、ときどき呂律《ろれつ》のまわらない口調で、声を張りあげた。

「まったく、もう、こうまでしないと、惚れた女には会えないってか」

それから、どすんと倒れるような音を立てた。綱から落ちて、火鉢に頭をぶつけた音になるわけだ。

どっすん。

思ったより、音が大きすぎた。誰かがやってきたらどうしよう？　心配になって耳を澄ました。

だが、誰も来ない。

――よかった。

もう、これで完璧のはずだ。あとは、明日、誰かが三八の死体を見つけ、夜中に倒れるような音がしたと、長屋の誰かが証言するだろう。あたしは報《しら》せを受けて駆けつけ、そういえば、女のところに忍ぶため、縄をのぼりおりする稽古をしてると言っていたっけ……そう言ってやればいい。

幇間のくせに女に惚れて、洒落《しやれ》で死んだみたいなくだらない最期。これで、誰も疑う余地《よち》はない。

幸太郎は大きくうなずき、今度はそっと長屋を抜けだしていった。

二

「初めて見たときは、もしかしたら八丁堀の旦那かなと思いました」

おつたは、燗《かん》のついた酒を置きながら、そう言った。

「へえ、おいらが八丁堀ねえ」

と、剣之介は惚《とぼ》けた。

この前は五つ所紋の羽織だったが、今日は紋のない茶の羽織を着ている。紋付のほうは、帰り際《ぎわ》に中間《ちゅうげん》の茂三に持って帰らせた。こちらは、こんなときのため、奉行所に置きっぱなしにしている羽織である。

同心のなかには、いつでも町方の同心に見られたいという男もいるが、剣之介はごめんである。仕事が終わったら、一刻も早く気楽な姿に戻りたい。

「でも、話してみたら、やっぱり違うんだと思いました」

と、おつたは言った。

羽織のせいだけではないらしい。

「でも、木《こ》っ端《ぱ》役人には違いねえさ」

「いいじゃないですか。木っ端で。人間、偉そうな顔してると疲れるし、だいたい本当に偉い人は、偉そうな顔はしないもんですよ」

「まったく。木っ端でも疲れるからなあ」

「疲れない仕事なんかありませんよ」

「そうなんだなあ」

剣之介は、柳橋にある〈つたの家〉で一杯やっている。

このところ、二日とあけずに来ている。

小さな飲み屋である。座敷はなく、土間の真ん中に一畳分ほどの縁台が置かれている。これは両側に三人ずつかけられるだろう。あとはひとりがけの木の株や樽《たる》が四つほど置かれ、ほかに酒や肴《さかな》を乗せる台代わりの木株があるだけ。せいぜい十人も入ったら、いっぱいになってしまう。

いまは、ほとんど酔いつぶれた客がふたり、縁台にもたれかかって寝入っている。さきほどまで大声をあげていた四人組の連れかと思っていたが、連中が出ていってもまだいるところを見ると、どうやら別口《べつくち》だったらしい。

「もっと大きくしたら、客も増えるだろう。この店なら繁盛《はんじょう》するんじゃねえのかい」

「いいえ、これでたくさん。大きくしたこともあるんですよ。ここから、もうちょっと北に行ったところで」

「そうだったのかい」

「新しく板前も雇い、手伝いの女の人も入れて。でも、大変なことばっかり。これで食べていければいいんです」

欲のなさが居心地《いごこち》のよさにつながっているのかもしれない。

おつたは客の見えるところで、酒の燗《かん》をつけ、肴を作る。これが、剣之介のようなやもめには、たまらなくほっとするものがある。

年取った板前――おつたのおやじらしいが――が半刻ほど顔を出して、下ごしらえなどを手伝うが、すぐにいなくなってしまう。もっとも、ふぐを捌《さば》くのは、このおやじなのかもしれない。

この店を知ったのは、大関鷲乃松が殺された事件の調べがきっかけだった。下手人の高田山は、かつてこの店で板前をしていて、おつたになにも知らせないまま、殺しの片棒をかつがせたのである。

だが、その後の高田山のことは、なにも言っていない。

おつたは一見、気の強そうな顔立ちだが、話をするとざっくばらんで、気を遣《つか》わなくて済む。あれこれくだらないことは言わないが、こちらが話しかけた話題には、しっかりした返事もするし、おもしろい逸話《いつわ》を思いだしてくれたりもする。きっと頭もいいのだろう。

目張《めば》るらしき煮付けに箸をつけた剣之介は、

「うめえ煮付けだねえ」

お世辞《せじ》でなく、そう言った。

　ふぐを看板にはしているが、ふぐだけでなく、ほかの魚もうまい。

「奥さまのほうがお上手《じょうず》でしょうよ」

「女房なんざ、いねえのさ」

「あら、独《ひと》り身《み》ですか」

「死なれちまったよ」

　妻のおみよは、四年前、風邪をこじらせたと思ったら、あっけなく亡くなった。もともと丈夫ではなかった。占いのようなことが好きで、自分は長生きできないのだと、よく言っていた。そんな予感はあったのかもしれない。

　遠縁の娘だったが、本当は八丁堀などという物騒《ぶっそう》なところには嫁に来たくなかったのだと言ったこともあった。その気持ちはわかる気がした。

「奥さま、さぞ、ご心配でしたでしょうね」

「どうしてだい」

「だって、旦那を見ていると、心配でなにかしてあげたくなるもの」

　おみよはどうだったろうか。八丁堀が肌に合わなかったくらいだから、おみちはともかく、剣之介のことなど、そう心配していなかったような気もする。

「これでも、全部、自分でできるんだけどね。飯の支度《したく》も、掃除も洗濯も」

嘘ではない。婆やが留守するときなどは、全部、自分でする。

「さて、そろそろ帰るか」

少し飲みすぎたかもしれない。立ちあがると、

「亀無さん」

「あいよ」

「あ、これ、うちで作った開きなの。明日の朝、炙《あぶ》って食べてみてくださいな」

「いいのかい」

おつたは手早く経木《きょうぎ》に包んでくれて、

「お気をつけて」

明るい声で送りだしてくれる。


いい気持ちで戻ってくると、家の前に志保がいた。すっきりしたいい女がいるなと思ったら、志保だった。

「戻ったのですか？」

と訊いた声がはずむのが、自分でもわかった。

「ええ。いま、おみっちゃんにおみやげを」

「それは申しわけない」

夜の乏《とぼ》しい明かりで見るせいかもしれないが、志保は少し、やつれたのではないか。

「看病だったとか」

「ええ」

「元気になられた？」

「いえ、亡くなられました。厳《きび》しいお母さまでしたが、やはり亡くなられると、
つらいものです」

「志保さんが、優しいからだよ」

「とんでもない。嫌になるくらい不器用《ぶきよう》で。看病しててもドジばっかりですよ。

お母さまにお薬を飲まそうとして、布団に水をこぼしたりしてました」

「ははは……」

たしかに志保には、そういうところがある。粗相《そそう》を極度に嫌がるような堅い家
だと、志保は肩身が狭《せま》かっただろう。

雲に隠れていた月がのぞいた。

「あら、酔ってるのね」

顔が赤いのが見えたらしい。

「うん、ちっと」

「それは、おみっちゃんに、おみやげね」

「あ、いや、その……」

干物《ひもの》の包みを指差されて、ひどくあわてた。

「あら、なにをそんなに」

「え、べつに」

「………」

志保はなにか感じ取ったらしい。一瞬、悲しそうな顔をしたが、

「剣之介さん。おみっちゃんに優しいお母さんを見つけてあげて」

そう言って、足早に松田の家に引き返してしまった。その後ろ姿に、剣之介は
そっとつぶやいていた。

――志保さんは……なってくれませんよね。

家に戻ると、追いかけてきたように、定町廻りの同心、北井京三《きたいきようぞう》が後ろから入ってきた。北井は剣之介の五年ほど先輩である。

「どうしました、北井さん？」

「うむ。芝《しば》で押し込みがあってな、いまから行かねばならぬのだが、浅草の三間町で幇間が死んだ事件を代わってもらいてえんだ。松田さまの許しはもらってある」

　断るわけにはいかない。

「殺しですか？」

「いやあ、馬鹿な幇間のドジなあやまちだと思うが、そいつの女が解《げ》せないから調べてくれと、番屋に泣きついてきたんだそうだ」

　三間町なら、さっきまでいた〈つたの家〉から少し北に行ったあたりである。少し億劫《おっくう》になったが、これから芝に駆けつけるという北井の手前、明日に伸ばすわけにはいかなかった。

三

　すぐに、三間町の三八の長屋に来た。八百屋の路地を入った裏店《うらだな》で、おなじみ九尺二間の棟割《むねわり》長屋である。住人のなかに煮売り屋でもいるらしく、豆腐屋とはまた違う、煮しめた豆の匂いが漂《ただよ》っていた。

葬儀の最中だった。簡単な葬式で、明日の早くには、焼き場に持っていくという。やはり、すぐに来てよかった。焼かれてしまったら、遺体の確認ができないところだった。

早桶《はやおけ》の中の三八の死体をのぞいた。頭が大きくへこみ、傷はないが内出血で頭から顔にかけてどす黒くなっている。身体に傷はない。

死んでいるのが見つかったのは、今日の早朝だった。昨晩会うはずだったのにいつまでも来ないからと、三八の女が見にきて、火鉢の脇で冷たくなっている三八を見つけたという。

ささやかな葬儀である。酒もなければ、坊主もいない。大家が、「五百字分くらいは覚えている」という般若心経《はんにゃしんぎょう》を唱えている。何宗なのかは、当人もよくわかっていなかったらしい。

三八は、幇間といってもほとんど売れていなかった。出入りしていた茶屋からは、あるじもおかみも顔を出さず、名代《みょうだい》として下足番が顔を出していた。

長屋ではとくに嫌われてはいなかったという。ときどき酔っ払って、大声をあげたりはしたが、とくに迷惑をかけるほどのことはなかった。

やけに泣いている男がいたので、長屋の大家に、

「あれは誰か」と訊いた。

「三八を若いときからかわいがっていた若旦那です。黒船町にある、三島屋という大きな蠟燭屋のひとり息子ですよ」

「ほう」

「昨夜も一緒に遊んでいたようです。一度、三八と一緒に三島屋からこの長屋に来たのですが、若旦那はしばらくして帰りました。それからちょっとして、三八は梁《はり》にくくりつけた紐にぶらさがっているうちに落っこちて、火鉢に頭をぶつけたみたいです。まったく、幇間らしい、おかしいけど、哀れな死に方ですよ」

大家も情けなさそうな顔で言った。

その若旦那がなにか言っている。

「あたしと三八は同じ歳でね。あたしが十六で遊びをはじめたとき、こいつも幇間の見習いをはじめたんだよ。若旦那、芸をやりますって言ってね。やったのは、げぇーって吐いてみせただけ。あまりのつまらなさに呆《あき》れたものだったっけ」

その若旦那の、どこか子どもっぽい表情をうかがっていると、脇から小声で、

「八丁堀の旦那」

と、女が声をかけてきた。

「おう、あんたは？」

「さとと申します。三八も出入りしていた〈華《はな》の家〉という茶屋で仲居をしています」

茶屋の仲居をする前は芸者で、売れなくなって仲居になった。そんなところであろう。器量《きりょう》はいいとは言えないが、人はそう悪くないように見える。

「あんただね。番屋に調べてほしいと訴えたのは？」

「そうなんです。ここじゃあなんですから、旦那、ちょいと外まで」

「うむ」

長屋を出て、近くのお稲荷さんの境内《けいだい》に入った。

「三八とは、夫婦になる約束でもしてたのかい？」

と、剣之介が訊いた。

「ええ。駄目な人間同士、これからはちっとでも助けあって生きようねって、約束したばかりだったんですがね」

と、おさとは袖で涙をぬぐった。

「それで、三八の死に変なところがあるんだってな」

「はい。旦那、あたしも、これが十日ほど前のことだったら、おかしいとは思わなかったんです。たしかに、それまではあたしの寝ている部屋に、天井裏から忍んできたこともありました。縄をのぼりおりする稽古をしていたことも事実です。でも、最近、縁の下から入る道を見つけたんです」

「そりゃあ、そのほうが楽だな」

「はい。これで、危ない真似《まね》をせずに済むと、三八は喜んでいたんです。それをいまさら、なんで縄ののぼりおりの稽古なんてするんでしょうか」

「そうだな」

と、うなずいてはみたが、もしかしたら、三八はほかにもそういうことをしなくちゃならない女がいたのかもしれない。

だが、おさとは、もうひとつ不思議なことを言った。

「いまは乾いてしまいましたが、あたしが来たときに、三八っつぁんの髪の毛がかすかに濡れていたんですよ」

「血じゃなくてだな」

「血なんざ出てなかったです。水ですよ。火鉢のやかんは水なんか入っていない。だいたい、あの火鉢は炭を買う金もないからずっと使っていなくて、いつもは部屋の端《はし》っこに寄せていたんです。だから、それもおかしいなって思いました」

「あんた、てえしたもんだ。岡っ引きにさせたいくらいだぜ」

「そんなことより……」

「わかった。できるだけ調べるさ。ただし、もしも三八が殴られて死んだのを、紐から落ちて死んだようにごまかしたのなら、下手人は、その稽古のことを知っていた人物になるぜ」

「はい」

「あんたのほかに知っていたやつはいるのかな？」

「長屋の人たちは知らなかったと思います。皆、首をかしげてましたから。でも、三島屋の若旦那は知ってました」

「なるほど」

「あたし、あの若旦那がどうもいけ好かなくて。三八っつぁんにも、ほかにお得意を探しなよとは言ってたんですが」

おさとの話を聞き終え、剣之介はもう一度、長屋に引き返した。

すると、ちょうど三島屋の若旦那が、

「大家さん。あたしはそろそろ帰らせてもらいます」

と、頭を下げているところだった。

「ええ。いただいたお香典《こうでん》で、ちゃんと埋葬までしておきますので」

「よろしくお願いします」

剣之介は、若旦那の後ろ姿を見送って、

「ずいぶん置いていったのかい？」

と、大家に訊いた。

「はい。三両もいただきました」

「それはまた」

かなりの額である。三八が生きていたら、ふた月か三月は、遊んで暮らせただろう。

それから、長屋の連中に、昨夜のことを訊いてまわった。

隣に住む左官の熊太《くまた》は、若旦那が帰ろうとするのを、三八さんが止めている光景を見たという。

ほかに、向かいに住む、旗本の中間《ちゆうげん》をしている官助《かんすけ》が、

「物音がしたような気がする」

と、証言した。

このふたりだけで、あとはたいした話は聞けなかった。

四

三島屋の若旦那の幸太郎は、昨日今日と、心を入れかえたように商いに励《はげ》んでいた。

箱から蠟燭を出し、ざっと品質を確かめ、数をかぞえて帳簿につける。こうやって、今日は朝から二十八箱を整理した。

父親の幸右衛門は、そんな幸太郎の様子を見て、

「今度こそ、心を入れかえたようだな。死んだ三八があの世から説教してくれているのかもしれねえな」

と、薄気味《うすきみ》悪いことを言った。

午後になると、山田藩江戸屋敷の用人《ようにん》がやってきた。ここは、蠟燭の生産を藩が奨励《しょうれい》し、藩が買いあげて、江戸で売りさばいている。当然、そこには正式な藩の儲け以外にも、動く金がある。

この江戸藩邸の用人も、でっぷりと肥《ふと》って、立ちあがるのにも大変そうなくら

いである。去年あたりは、この藩は飢饉《ききん》に襲われ、大勢の餓死者も出たはずである。だが、この用人は、去年も今年もまったく痩《や》せる気配《けはい》はなかった。

その用人にまで、

「うちの馬鹿息子も、ようやっと商いに励《はげ》もうという気になったらしくて」

「それはよかった。これで三島屋も安泰《あんたい》だな」

「どうでございましょうか」

と言いながらも、幸右衛門は喜んでいる。

――おやじは商人としてはすごいが、人間としては尊敬できない。

幸太郎はそう思っている。金儲けのためなら、なんでもやる男である。

得意先を奪い、潰《つぶ》れそうになったとわかると、わざと金を貸したこともある。あかり屋といって、両国橋の近くの蠟燭屋だった。案《あん》の定《じょう》、潰れると、土地と家をぶんどってしまった。

その家の娘はいい子だった。同じ歳で、おちえちゃんという名前だった。何度も話をしたし、内心、あの娘をうちの嫁にもらってくれないかと思っていたほどである。

だが、そのあと、どこかの遊郭《ゆうかく》に売られたらしい。

あんな手口を目《ま》のあたりにすると、うちのおやじは、いい死に方はできないだろうと思う。

だいたい、おっかさんは病気で死んだと言っているが、あれは自殺であった。子ども心にも、鴨居《かもい》にぶらさがった母の姿が焼きついている。

その後、後妻は揉め事のもとだと、もらっていないが、幸太郎が知っているだけでも外に三人の妾を囲っている。

――おやじより、もっと遊んでやる。

それで、遊蕩《ゆうとう》に走ったところもある。

いまだって遊びたい。だが、三八の最期を思い浮かべると、怖くなって仕事に励んだ。

――ん？

卸《おろし》の荷物を送りだしたとき、店先でおかしな気配《けはい》を感じて、後ろを振り向いた。

男が夕陽を背に立っていた。

髪の毛がおかしい。ちぢれっ毛なのだが、固める方法もないわけではないだろうに、くしゃくしゃのまま髷にしているので、頭に赤い糸の玉でも乗せているように見える。

だが、五つ所の黒紋付に着流し姿。二本差しの脇から、朱房の十手《じって》ものぞいていた。八丁堀である。町奉行所の同心独特の格好だった。

――そういえば、昨日の葬儀に来ていたな。

同心にしては、冴えない男である。

こいつは、吉原あたりに行ったら、さんざん馬鹿にされるだろう。田舎者の浅《あさ》葱《ぎ》裏《うら》よりさらに田舎臭い男だった。

「三島屋の若旦那だね。おいらは、北町奉行所の亀無剣之介という者だが……」

なんだか、言葉《ことば》尻《じり》もぴしっと終わらない。

「なんでしょうか」

「くだらねえ噂になってもなんだから、人目につかないところに行こうじゃねえか」

河岸まで行って、荷揚げが済んだ舟を見ながら、石段に腰をおろした。幸太郎は、着物が汚れると嫌なので、立ったままである。

「三八のことで訊きてえことがあるのさ」

「なんで八丁堀の旦那が動いてるんで？」

「うん。あれは三八のあやまちなんかじゃなくて、殺されたかもしれねえのさ」

「殺された？　三八が？　なんで？　旦那。世の中に三八くらい役に立たない人間はいませんぜ。つまり、殺したって、なんの得にもならない。それが、どうして殺されなきゃならないんですか？」

「ううむ。三八に負けねえくらい馬鹿な野郎が、ドジな殺しをしちまったかもしれねえだろ」

「………」

あたしは、三八に負けないくらい馬鹿なのか。

「ところで、ちっと確かめさせてもらいてえんだ」

「はい」

「三八と若旦那は、あの夜、こちらのお宅で酒を飲んだそうですね。なんだって、家で酒を？　おもしろくないでしょうよ」

「おやじに遊びを止められているんですよ。行きたくても、行けやしないんで」

「なるほど。それであんたがへべれけになり、三八がかついで家まで連れていったんですね」

「はい。それで酔いの醒めたあたしが帰ろうとすると、三八は引きとめましてね。でも、あたしも父親に勘当だと脅されてる身。ぐずぐずしてはいられねえと、早く帰りました」

「なるほど。そこらの話は、長屋の人の証言どおりだ。それからも三八はときどき大きな声を出したりしていたが、途中、どすんと大きな音がして、それっきり静かになっちまったとか」

「そこらは、あたしはいませんので、よくわかりません」

「そりゃそうだ」

「ところで、証言どおりなら、なにを根拠に三八が殺されただなんて？」

それが気になっていた。誰かが密告でもしたのか。あるいは完全にごまかしたつもりでも、とんでもない失敗をしていたのか。それがわからなければ、言いわけのしようがない。

「ああ、それね。紐から落ちたっていうことになってるでしょ。でも、三八は縁の下から女の部屋に入る方法を見つけたので、もう紐をのぼりおりする稽古なんざ、いらなくなっていたんですよ」

と、亀無は言った。

「ああ、そのこと。なんだ、早く言ってくれたらよかったのに」

「なにか知ってるのかい？」

「天井から紐で降りるのを、新しい芸にしようと思ってるんだって」

「新しい芸？」

「くだらねえんですよ、あいつの芸は。あたしもそれじゃあ曲芸師のやることで、幇間のやることじゃねえとは言ったんですが、なにを考えていたのか……」

と、幸太郎は言った。

亀無は納得したのかどうか、少し考えこんでいたが、

「それで、あんたは三八さんに抱えられ、三間町の長屋まで行ったんだって？」

「そうなんですよ」

「なんで、わざわざ三八のところになんか行ったんだ？」

「え？」

「あんたは酔っ払ってて、三八はしっかりしてたんだろ」

「はい」

「だったら、なぜ、あんたはそのまま家で寝て、三八はひとりで帰らなかったんだい？　おかしな話だよな」

「………」

幸太郎は、胸の真ん中をわしづかみにされたような気がした。

本当だ。三八の死体を長屋に運ぶため、しかも、三八はまだ生きていることを示すため、自分と三八が入れ替わった。そのことだけで、頭がいっぱいだった。

だが、あたしが三八の長屋に行く意味は、まったくなかったのだ……。

だが、幸太郎はすぐに言った。

「あ、それね。どうも、あたしがこんな家は出ると言い張ったみたいなんです」

「家を出る？　若旦那が？」

「ええ。うちのおやじに、吉原遊びはもうやめろと、さんざっぱら叱られましてね。あたしもつくづく嫌になって、もう出てやると。それで三八の長屋に向かったみたいです」

「へえ。でも、若旦那、さっきはずいぶん一生懸命、働いていたんじゃないのかい？」

「心を入れかえたんですよ」

「急に？　どうしてまた？」

「三八に諭《さと》されたんだよ。おれたちはもう、本業に励《はげ》むべきだってね」

「そうかい。三八は死ぬ間際に、若旦那に説教したんだ」

「だから、心を入れかえたんじゃないか」

と、幸太郎はむっとして言った。亀無はかまわずに訊いてくる。

「それとね、酔っ払って、黒船町から三間町まで行ったんだよね。そのときの道順と、途中で誰かに会ったりしていれば、それを教えてもらいたいんだ」

「そりゃ、無理ですよ。だって、あたしは三八に抱えてもらっていたほど、酔っ払っていたんだもん。ほとんど覚えてなんざいませんよ」

「ふうん。そんなに酔っ払っていたのに、今度は逆に、三間町からよく帰ってこれたもんだねえ？」

「そりゃあ、向こうでしばらく休みましたからね。三八に諭《さと》されたりもしたし。あたしは、酔うのも早いが、醒めるのも早いという酒なんですよ」

「あ、そういう酒飲みっているよな」

と、亀無は何度もうなずいた。

五

亀無と別れ、幸太郎は家に戻った。住みこみの手代《てだい》や小僧たちは、広間で晩飯を食べはじめていたが、幸太郎はそれを横目で見ながら、奥へ進んだ。

どうせ、飯は一緒には食わない。父親とも別である。この十何年、飯はすべてひとりで、奥の離れで食べてきた。

小女《こおんな》が置いていった膳がある。その前に座ったが、食欲はない。

ぼんやりしていると、父親が顔を出した。

「誰か来てたな」

「うん……」

「どうした、元気がねえな」

「まあね」

「昼間はあんなに、やる気を見せてたじゃねえか」

「昼間はね」

「さっきの男は、町方の同心だろう?」

父親は見ていたらしい。昔からいつも監視されているようで、これも父親の嫌なところだったが、今日はそんなふうには思わなかった。

「なんか、睨まれるようなことをしたのか?」

「………」

「言ってみろ。たいがいのことなら言うことを聞いてくれる岡っ引きもいるし、同心も何人かは顔見知りだ」

父親の声は優しかった。言おうか言うまいか迷った。

ふと、父親に反感を持ちだす前の、甘えた気持ちが湧きあがってきた。

「無理だよ、おとっつぁん」

と、幸太郎は不意に頭を抱えた。

「なにが無理なんだ」

「これぱっかりはごまかしようがない。こっちでうまくやるしかないんだ」

「おまえ、なにを？」

「三八を間違って死なせちまったんだ」

言った途端《とたん》、涙があふれ、嗚咽《おえつ》が止まらなくなった。

逃げきれる自信はあった。あんな呆《ほう》けたような同心など、いくらでもごまかせるはずだった。だが、心のどこかに不安の穴のようなものがあり、どんどん広がってきているように思える。

幸太郎は、ことの顚末《てんまつ》をくわしく語った。嘘ははさまなかった。

「なんで、もっと早く言わねえんだ。だいいち、事故みてえなもんじゃねえか。殺しになんかならなかったんだ」

せろ」

「あの妙な同心が担当か。運には見放されていねえようだな。よし、おれにまか
やっぱり、おやじは頼りになる。あたしは妙な反抗なんかせず、この人の言う
とおりに生きてくればよかったんだ……幸太郎はそう思った。

「まず、あの夜のおまえの足取りをくわしく言うんだ」

幸太郎はひとつずつ思いだした。

夜鳴き蕎麦屋に軒下《のきした》の犬……。

「犬？　なんだ、そりゃあ」

「ええ、妙になついてきたんだよ」

「犬なんざ、なんの証人にもならねえんだ。そんなのはどうでもいい」

夜鷹、船頭、長屋の隣の男。それに顔は見せなかったが、向かいの家にも明かりがついていて、こっちの音を聞いていたのではないか。

「それで、全部だな」

「うん。あとは誰とも会ってないよ」

「亀無には、全部、会ったやつをしゃべっちまったのか？」

「いや、酔っ払ってたので、覚えてないってごまかしたよ」

「おまえにしてはよくやったな。そいつらには、金をつかませて、適当な証言をさせればいい」

「でも、夜鷹なんかは、舟で流してたり、うろうろしてたりするし、見つけられっこないでしょうが」

「馬鹿。同心にはわからなくても、岡っ引きあたりは全部、つかんでいるのさ」

「では、どうしたら……」

「金というのは吉原にばらまくだけじゃ駄目なんだ。こういうときにこそ、使うものなのよ。駒形《こまがた》の岡っ引きの為吉《ためきち》には、ふだんからずいぶん握らせてきた。夜鷹のことは為吉に言って、早めに手を打たせよう。なあに、いちばん金で転ぶ連中だ。なんの心配もねえ。そうだな、ほかも脅しておいたほうがいいか……」

その翌日――。
剣之介は、ひとりで三島屋の近くにいた。中間《ちゅうげん》の茂三は通《かよ》いなので、夜の仕事には滅多《めった》に付き合わせることはない。本当なら夕べのうちに来たかったが、飛びこんできた別の事件の手伝いに駆りだされてしまった。

――若旦那が、ここから出たとして……。

まっすぐ北に通りがのびている。だが、ここは吉原帰りの客がけっこう通る道でもある。

――この道を行くかな。

諏訪《すわ》町とのあいだまで行き、横を見ると、大川のほうの横道で夜鳴き蕎麦屋が出ているのが見えた。うっすらした明かりと醤油《しょうゆ》の匂いは、夜道を歩く者の食欲を誘う。剣之介は屋台の前に立ち、五十くらいの蕎麦屋のおやじに話しかけた。

「一昨日の夜なんだが、酔っ払いがふたり、肩を組んで通らなかったかい？」

「ああ、はいはい、通りましたよ。なんか、幇間みたいに調子のいいやつと、若旦那と」

夜鳴き蕎麦屋のおやじにしては、やけに調子よく答えた。

「しゃべったかい？」

「ええ。蕎麦でもいかがですかと声をかけたら、幇間のほうがけっこうだよと」

「ふうむ。若旦那はどうしたい？」

「いらないとでも言うように、手を振ってましたっけ」

「なんか、怪《あや》しいところはなかったかね？」

「怪しいところ？　あのふたりが怪しかったら、あの時刻にここらを通る連中で、怪しくないやつなんて誰もいませんよ」

ずいぶん、きっぱりと否定した。

「それで、この道をまっすぐ北に行ったんだな？」

「いいえ、こっちの河岸沿いの道を行きましたよ」

「こっちをねえ」

三間町に行くのなら、少しだがわざわざ遠まわりをしていることになる。人通りを避けたかったに違いない。だが、それを若旦那に言えば、酔いを醒ますためだったとか言うだろう。あの若旦那は、咄嗟《とっさ》の機転《きてん》は利きそうだった。

そこから少し行くと、板戸を閉めた店の軒下に、一匹の犬がいた。ちょっと引っこんだところにいたので、気がつきにくい。繋《つな》いであるから、ここで番犬として飼われているのだろう。

「おい、おまえ。一昨日の晩、ここを酔っ払いが通っただろ？　吼えてやったりしたかい？」

犬はなんにも言わない。尻尾を振っている。

「あんまり、吼えない犬なんだな」

だが、しばらく行くと、後ろでさっきの犬の鳴き声がした。通りすがりの男に吼えかけているのだ。

――おいらには吼えなかったのに、なんで、あいつには吼えたんだろう？

剣之介は首をかしげた。ほかの同心ならまったく気にも留めないことが、剣之介は引っかかったりする。こういうところが、相手に馬鹿にされたりするのだろうと、自分で嫌になるときもあった。

さらに行くと、舟宿の船頭が、縁に腰をおろして、煙草を吸っていた。かったるそうな態度で、剣之介が近づいても、背筋ひとつ伸ばすでもない。まるで来るのはわかっていたとでも言うように、こっちを見た。

「一昨日の夜も、ここにいたかい？」

「ええ、いましたよ。いま時分は」

「酔っ払いがふたり、通ったのに気がつかなかったかい？」

「ああ。いいとこの若旦那ふうの酔っ払いと、介抱《かいほう》しながら寄り添っていた幇間みたいなやつでしょ。見ましたよ」

「おかしなところはなかったかい？　たとえば、どっちかがまったく動いてなかったとか」

三八がすでに死んでいたとしたら、片方はまるで動かない。それは、かなり不自然な動きになったはずである。

「いやあ、ふたりとも元気で、なにか話しながら歩いていったぜ」

「ふうん」

やはり、おかしな感じがする。

駒形河岸を少し上流に行ってから、左の狭い路地を見ると、駒形どじょうの店が見えている。そこを横切って半町も行けば、三八の裏長屋に着いてしまう。

――ここらで誰かに会わなかったかな。

剣之介は、なにか物足りない気がした。

三八の長屋に入り、うっすら明かりがあったので、隣の熊太と、向かいの官助に声をかけた。熊太のほうは不機嫌そうに、

「この前、お話ししたとおりですって」

と、言うばかりだったが、官助のほうは違った。

「ああ、旦那。そういえば、ひとつ思いだしました。一昨日の夜、夜中に小便に起きたら、三八さんと厠《かわや》のところで一緒になりましたよ」

「本当か」

「ええ。間違いありませんや」

と、作ったような笑顔でそう言った。

——金だ。

と、剣之介は思った。三島屋に金をつかませられたに違いない。夜鳴き蕎麦屋のおやじも、船宿の船頭も、そしてこいつもだ。

あの、情けない若旦那に、そこまでの周到さがあるだろうか。

父親のほうだ。悪どい商法でのしあがってきたと評判の幸右衛門が、倅《せがれ》に泣きつかれたかして動きはじめのだろう。

金ですべて解決しようとする父親と、人の生き死にを調子のよさでやりすごそうとする馬鹿息子。

腹が立つが、それは親馬鹿と暢気《のんき》な息子という、世間でよく見かける微笑《ほほえ》ましい光景と紙一重《かみひとえ》なのかもしれない。それにしても、こんな買収は許しがたい。

長屋の前に立ち尽くしていると、

「これはこれは、亀無の旦那じゃござんせんか？」

後ろから声がかかった。

振り向くと、見覚えのある男がいた。

「為吉だったな」

駒形町から三間町、田原町あたりを縄張りにしている岡っ引きである。こいつだけにかぎらないが、昔は博打《ばくち》の胴元《どうもと》をしていたような男で、陰ではいまもろくなことはしていない。

「こんなところで、なにしてるんでえ？」

「ちと、噂が耳に入ったんですが、幇間の三八が死んだ件で、亀無の旦那は三島屋の若旦那をしつこく調べているとか」

「ん？　おいらは三島屋の倅だけを調べてるわけじゃねえぜ。おめえ、おいらのあだ名は聞いたことがなかったかい？」

「もちろん、ありますよ。ちぢれすっぽんでしょ。旦那、自分でもご存じだったので？」

「あたりまえだろうが」

「亀無の旦那。あんな幇間一匹死んだって、誰も困らねえ。だが、三島屋が潰《つぶ》れでもしたら、あそこには三十人を超す番頭や手代《てだい》、小僧などがいて、皆、路頭《ろとう》に迷うことになるんですぜ。変につっつくのはやめましょうや。それよりも、三島屋とは折《おり》にふれ、付き合っていったほうがいいと思いますよ」

「路頭に迷う？　おかしいな。三島屋はこれまで、三、四軒の競合する店を、あこぎなやり方で潰したって聞いてるぜ。あいつが路頭に迷わせた人の数は、三十じゃきかねえはずだがな」

「意外に堅いなあ、亀無の旦那は」

為吉の意地悪そうな顔に背を向け、剣之介は長屋の路地を出た。

――なぜ、為吉まで出てきたのか。

夜鳴き蕎麦屋や船頭あたりを手なずけるには、三島屋の父親が金を握らせれば足りただろう。素人じゃ隠せないものがあったから、ああいう面倒な男に頼んだのだ。

剣之介は、もう一度、引き返した。大川の上流から、駒形河岸、諏訪町河岸、黒船河岸と河岸が続く。ひとけはほとんどない。ふだんはもっと……。

――そうだ。ここらは夜鷹が出たりするのではないか。

今宵も、夜鷹がいないことのほうが不自然だった。こんな春の生暖かい晩は、ついふらふらと吸い寄せられる男どもがいるに決まっている。

岡っ引きの為吉が、なにか突《つっ》いたのだ。だから、さぁーっと夜鷹がいなくなってしまった。連中は、危険を感じると、さっさと違う場所に移動してしまう。

――夜鷹の誰かが、なにかを見ていたのだ……。

六

冷たくなった飯に、熱い湯をかけ、昆布《こんぶ》の煮物と沢庵をおかずに三杯食った。

横になったとき、玄関口で志保の声がした。

「どうしました？」

いそいそと出ていくと、

「兄が訊きたいことがあると」

「はあ」

どうせ、いつもの凄《すさ》まじい推論を聞かされるのだろう。

「おみっちゃんは寝たわよね」

「ええ」

帰ったときには、もう寝ていた。この数日は、寝顔しか見ていない。

「あたし、寝顔を見ていてあげる。剣之介さん、行ってきて」

なんとなくそっけない。

松田家では、いつもの書斎に通される。松田重蔵は、掛け軸を広げて眺めていた。山水画《さんすいが》らしい。

「蕪村《ぶそん》だ。いいだろう？」

と、松田重蔵が自慢げに言った。

「はあ」

剣之介は、絵のことなどまるでわからない。だが、唐国《からくに》の竹林らしい風景を描いた絵の上に、「静けさや岩にしみいる蟬《せみ》の声」とあるのは、なにか変なのではないか。しかも、その句はたしか、芭蕉の句だったはずである。蕪村なら、自分の句を入れるだろう。

だが、満足そうに眺めている松田重蔵に、よけいなことは言えなかった。

「どうだ、例の幇間殺しは？」

絵から離れて、松田は訊いた。殺しだと決めつけている。だが、このあたりの勘は鋭いのだ。問題は、松田が推測する殺しの仕掛けである。

「ええ。いままでのところですと……」

剣之介は、これまでつかんだ事実を、松田に伝えた。

直接の上司であり、吟味方《ぎんみがた》と町廻りの双方を兼務している。報告を怠《おこた》るわけにはいかないのだ。

　これまでに得た証言によれば、たしかに三八が、酔っ払った三島屋の若旦那を介抱《かいほう》しながら長屋に送り届けたように思える。三八は、若旦那が帰ったあとに、なんのつもりか酔った勢いで、天井から吊るした紐によじのぼり、転落して死んだことになる。

　証言のなかには、あきらかに嘘くさいのも混じっている。だが、それを嘘と決めつけるのは難しいだろう。

「いまのところは、そんな具合です。おいらは、本当に三八が生きていたのか、怪《あや》しいもんだと睨んでいるのですが」

　と、剣之介は言った。すると、松田重蔵はそれを鼻でせせら笑い、

「剣之介、本当に幸太郎が死体をえっちらおっちら運んだと思っているのか」

　と、言った。

「違うのですか？」

「違うさ。最初から父親がかかわっている。下手《へた》すりゃ、殺したのもどっちだかわからねえぞ」

「えっ」

　これには驚いた。父親の助けがあるとは見ていたが、まさか父親のほうが殺したとは疑いもしなかった。

「なんのために、幸右衛門が三八を殺すので？」

「倅を悪い道に誘いこんだと恨《うら》んでいるのだろうな」

「なるほど」

「しかも、剣之介は夜のふたり連れを、幸太郎と三八と決めつけているようだが、それがそもそも違う。幸太郎と連れだって歩き、よそ目には似た者同士に見えるものといったら、父親の幸右衛門に決まってるだろうが」

「まさか」

「いや。親子で行き、幸右衛門が出会った相手をすべて覚えていて、あとから金でモノを言わせた。幸太郎は酔っ払っているから、そこまで気がまわらねえさ」

「では、三八の死体はどうしたんです？」

「ふたりのあとから、三島屋の手代《てだい》あたりがそっと運んだのさ。あいつらは、引き立て役。いわば囮《おとり》みたいなもので、三八は生きていて、連れだって長屋に戻ったと思わせればいいんだからな。連中が長屋に着いたあとで、そぉっと死体を運び入れ、またそぉっと退散したってわけさ」

「ううん」

剣之介は思わず唸《うな》った。松田重蔵ならではの推論である。

「だから、これは三島屋を脅すしかねえ。あんな悪党だ。ちっとやそっとじゃ吐かねえかもしれねえが、石でも抱かせて、根気よくやってみることだな」

なんの証拠もないのに、三島屋を拷問にかけたりすれば、北町奉行所の評判はガタ落ちになる。それでなくても、南町のほうが上だという世評があるのだ。

がっくりと疲れて、家に戻った。

剣之介を見ると、志保はすぐに立ちあがった。

「終わったの？　じゃ、また。おみっちゃん、よく寝てたわよ」

やっぱりそっけない。

七

三島屋の幸太郎は、もうすっかり安心して働いていた。気のせいか、わずか二、三日で算盤の使い方までうまくなったような気がした。遊んでいるときとは違って、夕方の疲れにも充実感があった。

同心の亀無が、昼間、河岸のあたりをうろついていたが、途方《とほう》に暮れたような顔をしていた。もっとも、あの顔は生まれつきなのかもしれないが。

おやじにまかせてよかった。すべて手を打ってくれた。夜鳴き蕎麦屋も、船宿の船頭も、長屋の中間《ちゅうげん》も、さらには夜鷹にいたるまで、たっぷり金を与え、こちらの都合のいいように証言してもらうことになった。

ただひとり、長屋に頑固《がんこ》な若造がいるらしいが、そいつはもともと、幸太郎のやったひとり芝居を本気にしてるのだから、うっちゃっておいてかまわないのだ。

——これからは商いに専念しよう。

と、幸太郎は思った。三八のことは、あたしが生まれ変わるための、試練のようなものだったのだ。

同心の亀無が三島屋にやってきたのは、暮れ六つ過ぎ。店の鎧戸《よろいど》を閉めるころになって、突然、来たのである。

しかも、亀無ひとりではない。着流しではない、きちんと袴《はかま》をつけた恐ろしくいい男が、亀無の後ろにいた。

「こちらは北町奉行所の与力、松田重蔵さまだ」

「これは松田さま」

幸右衛門があわてて、深々《ふかぶか》とお辞儀をした。

ほかにも、同心がもうひとり、岡っ引きが為吉のほかにもひとり、また中間らしき連中も四人ほど、後ろのほうに控えている。

幸太郎は嫌な予感がした。手のひらに汗が滲み出てくるのがわかった。

亀無が、後ろの与力をちらりと振り返り、声を落として言った。

「どうも、うちの与力がとんでもねえことを言いだしてましてね。あのときのふたりは、幸太郎さんと三八じゃなく、幸太郎さんと幸右衛門さんだったんじゃないかと」

「えっ」

これには、幸太郎も驚き、父親の幸右衛門と顔を見あわせた。

「幸右衛門さんをしょっぴいて、叩いてみたらいいんじゃねえかと」

「そんな」

幸右衛門はいつもの大きな態度も吹っ飛び、青くなっている。

与力の名には重みがある。しかも、後ろにその本人がいる。

「おいらは、それはねえと思うんだ。だが、解《げ》せねえことも多いんでね。同じ時刻に、酔っ払った幸太郎さんと、三八役ということで幸右衛門さんも一緒に、あのときの道筋を歩いてもらいてえんですよ」

幸太郎はすがるように、岡っ引きの為吉を見た。だが為吉も、与力まで出てきちゃどうにもならないと、目で語っていた。

まず、ふたりは酒を飲まされた。茶碗に三杯ずつ、肴《さかな》もなしである。うまくもなんともない。

これで、親子が肩を組まされ、裏から店の外に出た。あの夜と同じように、雲はあるが月を隠しきるほどでもなく、夜遊びを誘うような甘い風が吹いていた。

「夜鳴き蕎麦屋がなにか言っていたような……」

と、幸太郎は指差した。

「あんた、酔っ払って覚えていないと言ったじゃねえか」

「でも、なんかうろ覚えに……」

だが、亀無は夜鳴き蕎麦屋を無視し、ふたりに先をうながした。

幸太郎と幸右衛門の親子を先頭に、すぐ後ろに同心の亀無、そのあとから与力ともうひとりの同心、岡っ引きふたり、中間四人がぞろぞろとついてくる。

夜鳴き蕎麦屋は無視したくせに、亀無は変なところで止まった。

「あそこに犬がいるだろ」

なかった。

「ええ」

と、幸太郎はうなずいた。あの夜もいたが、あたしらには吼えたりすることはなかった。

「近づいてみな」

亀無にうながされ、幸太郎親子は犬のそばに寄った。すると、今度はやたらとけたたましく吼えかけてきた。

「蕎麦屋と、この先の船頭にも聞いたけど、あの晩はあんたたち、吼えられたりはしなかったらしいぜ」

「そうですか。それが、なにか?」

と、幸右衛門のほうが訊いた。

「じつは、このことはきわめて大事なことでさ。ここの飼い主に聞いたんだが、この犬は酔っ払いが嫌いで、酒の匂いをぷんぷんさせたやつには吼えるんだと」

「それが?」

幸右衛門はまだ不服《ふふく》そうである。

「わかんねえかな。この犬があの晩、あんたたちに吼えなかったということは、ふたりとも酒の匂いがしなかったからなんだよ」

「あ……」

幸太郎が、思わず口を開けた。そうなのである。あの夜、幸太郎も三八も、あとでゆっくり飲もうと言っていて、そのまま喧嘩になってしまい、酒は飲んでいなかったのである。父親にばれないよう、吉原でも酒は飲まなかった。

動揺した幸太郎を睨みつけ、幸右衛門が言った。

「たかが畜生《ちくしょう》でございましょう。かならずそうするとはかぎりませんよ。どうしてもとおっしゃるなら、お白洲《しらす》に引っ立てて、しゃべらせてみたらどうですか?」

いつものふてぶてしさを取り戻したような口調だった。

この反論に、亀無は苦笑いをし、

「そうなんだよ。それができねえんだよな。こんなに明白な証拠を突きつけても、犬は残念ながら、しゃべれねえんだ。まあ、いいや。次、行こうかい」

と、言った。

河岸にはあのときの船頭が、こっちを驚いたように見ている。だが、亀無はこの船頭も無視した。

「あんなやつの話は聞いたって無駄でね」

と、亀無がぽつりと言った。

父親の幸右衛門も、幸太郎のほうも、硬い表情に変わっていた。

三八の長屋に来た。

亀無はすぐに、隣の左官の熊太を呼んだ。

「その前の家の人も呼んでくださいよ。明かりが灯《とも》っていたから、起きていたはずです」

幸太郎があわてて言った。

「あいつもいい。金で転んだやつなんざ、訊いたってしかたがねえもの」

亀無は相手にしない。

路地に出てきた熊太を、亀無はふたりを見たという場所に立たせた。

すると、三八の住まいから、ひとりの男が出てこようとした。歳は五十ほどか、どことなく小粋《こいき》な感じのする男だった。

その男がしゃべりはじめた。

「おっとっと、三八、やめてくれよ。なんだよ、まだ帰るなって？　そうはいかないよ。おやじがあんだけ怒ってたのは、おまえだって見ただろ。しつこいよ。帰ると言ったら、あたしは帰るよ」

一本の腕が、男の首ねっこや耳を引っ張ったりする。まるで、もうひとり、中にいるみたいである。

「おまえが見たのは、こんなふうじゃなかったかい？」

と、亀無が熊太に訊いた。

「そうです、そうです。まさに、このとおりでした」

「熊太。これは中に誰もいねえんだよ」

亀無が中を指差した。

「えっ」

熊太だけでなく、松田重蔵やほかの同心たちも急いで中をのぞきこんだ。本当に、三八の家には誰もいない。

皆は驚くが、幸太郎と幸右衛門は凍りついたような顔に変わっている。

「こちらは、三八のお師匠さんでな。幇間の珍元亭玉助《ちんげんていたますけ》師匠だ」

「へえ、いまのはおなじみの幇間芸でして。そう難しくはないんで、たまに素人の方にも真似《まね》されたりしちゃいます」

玉助師匠は、笑顔でそう言った。誰もが愉快《ゆかい》な気分にさせられるような、こまっしゃくれた子どものような笑顔だった。

「つまり、あれは若旦那の素人芸だった。このとき、三八はもう、とっくにくたばっていて、この中で横になっていたってわけさ。ねえ、若旦那」

と、亀無は幸太郎を見た。

「ち、違う」

幸太郎は強く、首を横に振り続けた。もう、崩れるところまで来ているのに、まだ耐えていた。それは、怖い父親が脇についているからだった。

「しょうがねえな。じゃあ、この人に来てもらおうか」

長屋の入り口に人影が立った。路地のあいだにもうっすら月の光が落ちていて、手拭《てぬぐ》いをかむった女の姿が、ぼんやりと浮かんでいた。

「お、おめえは」

幸太郎の口があんぐり開いた。

もうひとり、驚いたのは、岡っ引きの為吉だった。

「まさか、てめえ、十両をどぶに捨てる気か……」

低い声だが、そうつぶやいたのが聞こえた。

「へっ。夜鷹を舐めるんじゃねえよ。なんでもかんでも金で片《かた》がつくと思ったら大間違いだよ」

女が、伝法《でんぽう》な口調で言った。

「おい、おまえはこのあいだの夜、ふたり連れに声をかけたんだな？」

「ええ。おかしな酔っ払いでしたよ。ひとりはまったく動かなくて、ひとりはすごく重そうにしてる。逃げるようにいなくなりましたが、あたしはじぃっと見させてもらいましたとも」

「その抱えられていたのは、こちらの若旦那かい？」

「いいえ、たまに見る幇間でしたよ。こちらは抱えていたほう」

　幸太郎はまだ、歯を食いしばっていた。

　意外にしぶといな、と亀無は思った。

「しかも、幇間はまったく動かないどころか、目が開いていて、かすかな光も映《うつ》さない。あれは、間違いなく、死んだ人間の目でしたよ。あたしは、首吊りや行き倒れなどで、何人もああいう目を見てきました。こちらの若旦那は、死人を引きずって歩いていたんです」

　女はゆっくりと、確信に満ちた口調でそう言った。

「幸太郎さん。そこまで見られてたんだ。しかも、あのときは気がつかなかったかもしれねえが、よおく見てみな。この人に、覚えがあるはずだぜ」

　亀無に言われて、幸太郎はぎょっとして女を見た。

「え……」

「幸太郎さん。ちえです。お久しぶりですね。お忘れでしたか」

笑いを含んだ声で、女は言った。

幸太郎の顔が大きく歪《ゆが》んだ。

「あ、あかり屋のおちえちゃん……おとっつぁん、やっぱり、駄目《だめ》だ」

膝を落とし、両手を地面についた。父親にすがりついたりはしなかった。

「馬鹿野郎。しっかりしろ」

幸右衛門が叩こうとしたが、亀無はその手をつかんだ。

「もう終わりなんだよ、おとっつぁん。悪事は天が見てるんだ。ごまかすことなんか、できっこねえ。……おっしゃるとおりです。三八はあたしが殺しました」

幸太郎は手をついたまま、深々《ふかぶか》と頭を下げた。


松田重蔵らが三島屋の幸太郎と幸右衛門を引っ立てていったあとも、剣之介は夜鷹とふたりで、大川端に残っていた。

「悪かったな。十両のお礼までふいにさせちまってよ」

剣之介は頭を下げた。

「やめてくださいよ。夜鷹にまで頭を下げる同心なんて、見たことがありませんよ。いえね、あたしは、ああいうやり口《くち》が大っ嫌いなんですよ。誰でも金で転ぶわけじゃないってことを、三島屋の親子に思い知らせたかったんです」

　この夜鷹は、さっきも来ていた岡っ引きの完次《かんじ》が捜しだしてくれたのである。すでに為吉が接触していて、あの夜のやりとりを黙っていてくれたら、十日後に三両、今年の暮れに七両くれると言われていたらしい。

　ここに来る前、剣之介は話を合わせてくれるよう、打ち合わせも済ませていた。

あかり屋というのは、幸右衛門が騙《だま》して潰《つぶ》した蠟燭屋で、おちえはそこの娘だった。ほとんど同じ歳だった幸太郎が、この娘のことが大好きで、身売りしたと聞くと、ひと月以上、泣きじゃくったのである。当時の幸太郎の友達は、

「あいつの遊びは、あれがきっかけだった」

　と、証言していたほどだ。

　この夜鷹も同じくらいの歳に見えたので、剣之介はこの芝居を思いついたのだった。

　実際、三十は過ぎているはずである。夜鷹には五十、六十もめずらしくないから、若いほうではあった

手拭《てぬぐ》いと厚化粧で、女の顔は、はっきりわからない。だが、やつれてはいても、鼻の線や小さな顎《あご》など、若いころの愛らしさを偲《しの》ばせた。

「それにしても、うまく芝居してくれたぜ」

「おちえって子のことですか」

「ああ。どうも、あの幸太郎が少年のころ、本気で惚れてたみたいって聞いたんでね。こりゃあ、引っかけるのにいいかって思ってさ」

「旦那」

女が悪戯《いたずら》っぽく囁《ささや》いた。

「なんでえ」

「あたしが、本物のおちえだって言ったら？」

「え、まさか、おめえ、え？」

剣之介は驚き、手拭いの中の顔をのぞきこもうとした。

だが、夜鷹は小さく笑いながら、夜の闇に消えていく。

「おい、そんなことって……」

春の闇は、どこか謎めいていて、山の奥にある沼のように深い。

第四話　最悪の同心

一

重く強く、肌にあたると痛いくらいの雨が降り続いている。傘を打つ雨音は、うるさいほどであった。

まだ日は暮れておらず、夕方なのに、この雨で人通りはぱったり絶えていた。

本所の北、浅草から吾妻橋を東側に渡ったあたりは、中之郷《なかのごう》と呼ばれる。かつては江戸の外れだったが、いまはずいぶん町家も増えてきていた。

その中之郷の瓦《かわら》町を、傘をさした若者が行ったりきたりしていた。

往来にある一軒の油屋の中を、さりげなくうかがっているようである。客もいない油屋の店頭は、さすがに油をケチることなく行灯《あんどん》をふたつ灯《とも》して、外よりも明るかったが、小僧がひとり、ぼんやりと座っているだけだった。

この若者の名を、新太《しんた》といった。新太は、ふだんは貸本屋をして、浅草界隈《かいわい》をぐるぐる歩きまわっているが、そのほかに、もうひとつ仕事を持っている。それは捕物の手伝いで、当人はこっちが本業のつもりでいた。

だが、八丁堀の旦那から手札《てふだ》を預かった岡っ引きではない。そのまた下っ端《したっぱ》。いわゆる下っ引きである。名うての親分ともなれば、こうした下っ引きを五、六人ほど使っている。新太の親分も、浅草阿部川《あべかわ》町に住まいを持つ、なかなか羽振《はぶ》りのいい岡っ引きだった。

やや険《けん》のある目つきと、幼さの残る口元が、ちぐはぐな感じを与える。そう大きくもないが、細く締まった身体は俊敏《しゅんびん》そうである。

その新太の前に不意に立ちふさがった男が、

「おや、新太じゃねえか」

と、腰をかがめて、のぞきこんできた。

「あ、田所《たどころ》の旦那」

南町奉行所の定町廻り同心、田所左近《さこん》だった。

「なんでえ、こんなところで捕物かい？」

と、田所はやわらかい物言いで訊いた。もともと田所は、町方の同心にしては、優しい顔つきの男だった。

「いやあ、ちっと野暮《やぼよう》用みてえなもんでして。それより、田所さまも今日はずいぶん、ざっくばらんな格好ですね」

「そうかい。おれは、非番のときはいつもこんなもんだぜ」

絣《かすり》の着物に袴《はかま》をつけ、高下駄を履いている。

刀は一本だけだし、髷《まげ》もふだんの小銀杏《こいちょう》と呼ばれる小さめのすっきりした髷ではなく、斜《なな》めに傾《かたむ》かせて、なんとなくだらしない。これで無精髭《ぶしょうひげ》でも伸ばしていたら、浪人者と思われてもしかたがないだろう。

「そうなんですか。いつものすっきりした田所さましか存じあげなかったもんで。でも、ふだんはたしか……」

田所は、本郷、小石川、小日向《こひなた》といった江戸の北方をおもに担当していたはずである。

「友達を訪ねてきたのさ。ところが、急用だとかで出かけちまいやがってな」

「それはおあいにくなことで」

田所は、ずいぶんと暗くなった周囲を見まわし、

「どうでえ、新太。そっちの小梅瓦町に、うまい蕎麦屋があるんだが、付き合わ

ねえか」と言った。

「あ、はい。じつは腹が減ってまして。蕎麦でも食おうか、うち帰って、残り飯に湯でもかけて食おうか、迷ってたところです」

下っ引きなど、いつもぴぃぴぃしている。蕎麦でさえ、奢《おご》ってもらえるのなら大喜びである。

「若いんだ。腹も空《す》くさ」

雨のなかを引き返すかたちになって、源森川を渡った。

「ええと、どこだっけな。あ、そこだ、そこだ」

たいした店構えでもない蕎麦屋である。

雨で冷えたので、ふたりとも温かい蕎麦を頼んだ。田所は、新太には天ぷらをつけてくれたが、自分は胃の腑《ふ》が重いというので、ただのかけ蕎麦にした。

「一杯だけやるか」

「へえ」

熱燗《あつかん》を二本持ってこさせた。

田所はうまいと言ったが、蕎麦の味は、たいしてうまくもない。それでも、熱燗は冷えた身体に沁《し》みるようだった。

食いながら、たいした話もない。

酒のおかわりはせず、蕎麦を食い終えると、

「じゃあ、帰るか」

と、田所は立ちあがった。

外に出ると、六つまではまだ半刻近くあるはずだが、ずいぶん薄暗く、足元がぼんやり見えるくらいになっていた。

源森川沿いの道を、大川のほうへ向かった。右手は、水戸徳川家の広大な下屋敷である。川の向こう側は、中之郷瓦町の町並みまではいかず、大身《たいしん》の旗本屋敷の塀が続いている。そのあたりまで来ると、

「おう、新太。おめえ、葛西屋《かさいや》又右衛門《またえもん》のことをいろいろ調べているんだってな」

と、田所は訊いた。

「え、田所の旦那はなぜ、ご存じなんで？」

「おれは、地獄耳だぜ」

「いや、まだ調べてる途中で。決め手が得られてねえんで、親分にも内緒《ないしょ》にしてるくらいなんです」

「なにをつかんだんだい？」

「いや、まだ、勘弁《かんべん》してください」

「なるほど。初手柄《はつてがら》にしようってんだな」

「年取ったおふくろにも、そろそろ一人前になったところを見せてやりたいんで」

新太は照れたように笑った。

「ふうん。そうかい」

田所の顔に、一瞬、つらそうな表情が走った。

だが、次の瞬間——。

田所は持っていた傘をひょいと放り投げ、すばやく抜いた刀で、新太の肩口から背骨までをいっきに斬り下げた。新太は一度、大きくはじかれたように身体を反《そ》らせたが、そのまま叫び声すらあげず、突《つ》っ伏《ぷ》した。

新太は、なにが起きたかもわからず、雷にでも撃たれたように絶命しただろう。せめて、苦しませることだけは避けたかった。

雨が降っていなければ、血の流れが少なくて済むように、寝かせた刀で心ノ臓をひと突きにするつもりだった。だが、それだと衝撃が少ない分、自分の顔を見るくらいのことはできただろう。

新太の死に際《ぎわ》の顔など見たくなかった。

——雨でよかった。

と、田所は思った。

だが、この斬り口を手がかりにはできない。ほかにも死因を作らなければならない。凄《すさ》まじい斬り口から、剣の腕を推《お》し量《はか》られたりしないよう、目を眩《くら》ませたほうがいいだろう。

土手の段差に漬物石くらいの石があったので、これを持ってきて、すでに死んでいる新太の頭を撲《なぐ》った。致命傷になるくらい強く打つ。

それから、近くの柳の太めの枝を斬り落とし、枝を払って、簡単な手槍のようなものを作った。これで、新太の遺体の心ノ臓を思いきって突いた。

槍は引き抜いて、源森川に放り投げた。この雨である。ずいぶん遠くへ流されてしまうだろう。

これで三つ。

もうひとつ、さらに首筋を斬った。太い血の道が断たれ、残っていた血が流れ出た。どれも致命傷になる。

それから、新太の懐《ふところ》を探《さぐ》り、財布を引っ張りだした。蕎麦を食うくらいの小銭しか入っていない。

この財布に懐から出した二十両を入れた。

「香典《こうでん》代わりだが、これで、おめえのことは、ますますわからなくなっちまうのさ」

そう、つぶやいた。

――まだ、なにかできるか？

そうだ。殺される者は、しばしば最後の力を振り絞ったりして、相手の正体をわからせようとする。どこかに名前を書いたり、その者につながるなにかを握ったり……。

田所は、自分の懐を探った。手拭《てぬぐ》いがあり、それには井桁《いげた》の模様が入っていた。どこかでもらったものだろう。

そういえば、新太の親分の甚五郎《じんごろう》は、井桁屋のかごぬけ詐欺《さぎ》事件を追いかけていた。それにかかわる者が下手人であっても、おかしくはない。

田所は手拭いの端《はし》を少し引き裂き、これを新太の手のひらに握らせた。しばらく、ぎゅっとこぶしを握らせ、固まるのを待つ。

――死体の細工は、これでいいか。

だが、まだ、することがある。源森川というのは、大川から流れこみ、横川になって、いくつかの運河と交差しながらまっすぐ南に向かう。そこには木場《きば》があり、遺体はまず間違いなく、そこらで引っかかってしまう。なかなか海まではたどりついてくれない。

それよりは、大川で流したほうがいい。

あらかじめ、そのことも考え、田所は猪牙舟《ちょきぶね》を河岸につないでおいた。

地面も見た。多量の血がこの雨で、すべて流されてしまう。すると、どこで殺されたのかもわからなくなるだろう。

新太の死体を舟に乗せ、落ちていた傘はすぼめて、これも舟に入れた。傘はどこか別のところで処分する。

大川までは、すぐである。舟の往来も、いまはほとんどない。

川の中ほどまで来て、新太の死体をそっと水に落とした。

これでおそらく、大川の河口から海に流れていくだろう。

死体にいろいろ細工もしたが、これは万《まん》が一《いち》、見つかったときのためで、いちばんいいのは、結局、死体も見つからないまま、行方不明になってくれることである。

ひどく後味が悪い。

二十年も捕物にかかわってくると、斬って捨てた悪党も両手ですら足りないほどである。だが、こんな嫌な思いをしたのは初めてだった。

新太は下っ引きどころか、いい岡っ引きになっただろうし、この先、いくつもの手柄だって立てたに違いない。

田所左近は、流れはじめた新太の遺体に手を合わせた。

「すまんな。葛西屋又右衛門は、おれの長年の友人であり、恩人でもあるのだ」

二

昨夜のどしゃぶりが嘘のように晴れあがった。

北町奉行所の見習い同心、早瀬《はやせ》百次郎《ひゃくじろう》は、奉行所の門をくぐると、首をぽきぽきと鳴らし、腕を大きくぐるぐるとまわした。体調も良好、気分はさらに快適である。

今日からはいよいよ本格的な見習いとして、定町廻りか、臨時廻り同心の補佐につくことになっている。

その相手と引きあわされるのだ。

早瀬は二十一になった。

もちろん、同心の家に生まれ、同心となる心構えで成長してきた。

剣は卜伝流《ぼくでんりゅう》を学んで、目録《もくろく》も得ている。まだ早いと言われつつ、十手術《じって》も学んだ。

ただ、父の良次郎《りょうじろう》は、小石川の養生所詰めが長く、最後は例繰方《れいくりかた》といって、過去の裁きの例を調べる役職で引退した。このため、殺しの取調べなどにはほとんど縁がなかった。

だが、息子の百次郎は、

――殺しの調べをやらずして、なんの同心か。

くらいに思っていたから、定町廻り、臨時廻りの同心に見習いにつくと言われたときは、狂喜したものである。

同じ時期に見習いになった同僚が、定橋掛《じょうばしがかり》同心の先輩に引きあわされ、さっそく見まわりに連れていかれるのを見送っていると、

「早瀬百次郎」

と、与力の松田重蔵から名前を呼ばれた。松田は北町を代表する与力で、早瀬は少年のころから憧れている。身近に接しても、その尊敬の念は変わるどころか、ますますふくらんでいた。

「この亀無剣之介がな……」

松田が自分の背中から引っ張りだすようにした人物は、ちょっと不思議な男だった。

髷がくしゃくしゃっとして、糸くずでも丸めたようになっている。立っているさまが、具合が悪そうには見えないものの、なんとなくだらしがない。

「そなたを鍛《きた》えてくれるぞ。しっかり励《はげ》めよ」

「はい、よろしくお願いします」

と、頭を下げながら、

――こんな人が、北町にいたのか？

と、早瀬は思った。本当に見たことがないのか。それとも、存在感がなさすぎて、気がつかなかったのか。

「ああ、あんた、『ひゃく』と読んでいいのか。あの字は、『もも』とも読むし、『ひゃっ』と読むときもある。だが、それだと『ひゃっじろう』になるから変かな、とは思っていたのだがね……」

初対面なのに、亀無は恐ろしくくだらないことを言った。

「はあ」

返事のしようがない。

亀無は、五尺六寸ある早瀬よりも、いくらか背が高い。肥《ふと》ってもいないし、痩《や》せすぎてもいない。適度に筋肉はついているが、風貌や姿勢などから、きびきびとした印象はまったくうかがえない。

とにかく、冴えない。見栄《みば》えがしない。覇気がない。格好が悪い。情けない。

悪口なら、いくらでも言えそうな気がした。

──がっかりだなあ。

身体から力が抜けるくらい、落胆した。もっと有能な人に、見習いにつけてもらいたかった。この人は、最悪の同心ではないか？　なんの因果《いんが》なのだろう。

「おい、ひゃくちゃん」

と、亀無がいきなり言った。

「ひゃ、ひゃくちゃん！」

「ひゃくちゃんじゃ嫌かい？」

「ええ。普通に苗字で呼んでいただければ」

「じゃあ、早瀬。いまから両国まで行くぜ」

「わかりました」

担当は冴えなくても、一応《いちおう》事件である。もしかしたら、最初の事件で初手柄ということもありうるだろう。

両国橋を渡り、東広小路《ひろこうじ》を左に曲がった。川岸に人出があり、その真ん中に莚《むしろ》をかけられて横になっている死体がある。

「百本杭《ひゃっぽんぐい》に引っかかったのかい？」

亀無が、そばに寄りながら訊いた。

大川はここらで大きく弧《こ》を描いている。流れが早いときなどは岸壁が侵食されかねない。それを防ぐため、ここらには数多くの杭が打たれ、本当はもっと数は多いが、百本杭と呼ばれている。

ふだんは鯉《こい》釣りの名所とされるが、同時に土左衛門《どざえもん》がよく引っかかるところとしても有名だった。

「そうなんです」

と、近くの町役人らしき初老の男がうなずき、

「しかも、あきらかに殺しです。顔を知っている者がいましてね。どうやら、町方の仕事をしていた若者みたいですよ」

「なんだと」

亀無が顔をしかめると、背後から駆けてきた男がいた。腰に十手《じって》をさしている。

「新太が殺されただって」

亀無が、その男を見て、

「阿部川町の甚五郎か」と、つぶやいた。

甚五郎は、亀無の前に来ると、いきなり蓆をめくった。死体が早瀬百次郎の目にも飛びこんできた。

「うぷっ」

たちまち、吐き気がこみあげてくる。

傷だらけの凄《すさ》まじい死体である。傷口が大きく開き、骨や内臓まで見えている。

だが、血はすっかり抜けたらしく、なんとも言いがたいほど不気味《ぶきみ》な白い色になっていた。ほかにも、頭は割れ、心ノ臓あたりに刺し傷があり、さらに首筋を断たれていた。致命傷だらけである。

早瀬は逃げるように脇に行き、何度も激しく嘔吐した。

「新太。いってえ、どうしたんだよ」

甚五郎が泣きじゃくっている。

その泣き声が少しおさまると、亀無が、

「昨夜は大雨だったから、沖へ流されてもおかしくはなかった。それでも、ここに引っかかっていたのは、こいつの魂の執念《しゅうねん》だろうな」と、言った。

「へえ」

甚五郎がうなずく。

亀無はひざまずき、死体をくわしく見はじめた。早瀬はとても近づく気にはなれない。だが、帰るわけにもいかず、死体が視界から隠れるように、亀無の背中のほうにまわった。

──亀無は、こういうのを見過ぎて鈍《にぶ》くなったのか？

と、早瀬は首をかしげた。やはり殺しの調べには、こういったことも必要なのだろうか。こんな気色《きしょく》の悪い仕事は、岡っ引きにじっくりやらせて、同心はあがってきた報告を、頭を使って検討すればいいのではないか。そのためにも、同心は皆、岡っ引きを抱えているのだろう。

だが、亀無は黙々と検死を続けている。

「ん、これは？」

死体の手のひらを広げ、なにか見つけた。小さな布切れのようだ。

さらに、懐《ふところ》から出てきた財布も探《さぐ》った。かなりの金子《きんす》が出てきたようだ。

「いくら、ありました？」

と、そばにいる甚五郎が訊いた。

「二十両と小銭だ」

「二十両……」

甚五郎が驚いていた。

下っ引きがそんな大金を持っているわけがない。よからぬ金に違いない、と早瀬が後ろで思った。

亀無は、それらを紙に包み、立ちあがった。

まもなく、町方の人間が大勢集まってきた。ほとんどが見覚えのない人たちである。

「どこの人たちですか？」

早瀬が亀無にそっと訊いた。

「南町の連中だな」

「いまは北町の月番なのに？」

「ああ。どうやらこの若造は、南町の同心たちにかわいがられていたようだな」

やってきた同心のひとりが、

「よう、亀無さん」

「ああ、大高さん」

亀無の知りあいらしい。

「新太が殺されたと聞いて、駆けつけてきた。機転《きてん》が利く若者でな。おれはかわいがっていた。ほかにも、こいつに目をかけていた者は多いんだ」

「そうでしたか」

「月番はそっちだが、これはおれに担当させてもらえねえかい？」

大高という同心が、亀無に言った。南町の人たちも、この亀無では心もとなく感じてしまうのだろう。

だが、別の同心が口をはさんだ。

「大高。あまり、おぬしの気持ちが先行しても、調べがうまくいくとはかぎらぬぞ。それよりは、北町が月番なのだから、ちぢれすっぽん、いや失礼、亀無さんに担当してもらったほうがいい」

どうやら、ちぢれすっぽんというのが、この亀無のあだ名らしい——早瀬はちらりと亀無の頭を見た。ちぢれは髪の毛からきたのだろう。すっぽんというのは、しつこい人間にしばしば使われるあだ名だが、この亀無にぴったりなのだろうか。

「ううう……」

大高はよほど不満らしく、それには答えず、新太の死体を見つめ続けていた。

亀無はまず、岡っ引きや下っ引き、中間《ちゅうげん》や早瀬百次郎も使って、

「大川の上流一帯で、昨夜、なにか騒ぎがなかったかを訊いてきてくれ」

と、頼んだ。

また、岡っ引きの甚五郎には、新太の家に知らせがてら、昨日の足取りを調べてくるよう頼んでいた。

早瀬は、浅草寺の近く、花川戸《はなかわど》町から今戸《いまど》橋までを受け持つことになり、夕方まであちこち訊きまわった。だが、まったく関係なさそうな酔っ払い同士の喧嘩があったきりで、ほかにはなにもそれらしい話はなかった。

夕方、奉行所に戻ると、それぞれが訊きこみの結果を亀無に告げた。それらしい騒ぎはまったく出てこない。

亀無のほうは、新太の財布から出た金を持って、常盤《ときわ》橋前の金座《きんざ》に向かい、これが本物の小判かどうかを確かめてもらったということだった。

「もしも、贋金《にせがね》ならば、とんでもない大事件が浮かびあがってくるからな。そうであれば、早急に北町奉行所総動員の体制を作らなければならねえよ」

だが、金座の返答は、「どれも、まぎれもない本物だ」ということだった。

また、甚五郎によれば、昨日、新太は七つ半まで貸本屋のほうで近辺をまわり、いったん家に荷物を置いたあと、母親には暮れ六つごろには戻ると言い残して、出ていったらしい。

新太の家は、田原町一丁目の裏長屋だという。とすれば、そう遠くまでは行っていないはずだった。

この日はここで調べを終了することになった。

「ちっと、家で一杯やっていくかい?」

と、亀無に言われ、早瀬は迷った。どこかの店に誘ってくれたなら、喜んでうなずいただろう。だが、家で飲むとなると、ろくな肴《さかな》はないに違いない。

案《あん》の定《じょう》、

「ろくなつまみはないが、味噌《みそ》でも舐めながら」

と、付け加えた。そんな貧乏臭い酒など飲みたくもない。

「いや、今日は疲れたので、遠慮します」

きっぱり断った。気だけは遣《つか》わなくて済みそうである。

ただ、知らなかったが、亀無の家と、早瀬の家は意外に近かった。帰り道は一緒なのだ。

亀無の家の前まで来て、別れを告げようとしたとき、

「亀無さんよ」

と、声をかけてきた男がいた。朝、百本杭のところにいた南町奉行所の同心である。

「大高さん。どうしました？」

「あいつの仇《かたき》はなんとしても討ってやりてえ。あんたの邪魔はしないから、ある程度わかったら、教えてもらいたいんだが」

「ええ、まあ」

亀無は、はっきりしない。それは、そうだろう。北町の調べをそのまま南町に洩《も》らせというのだ。そんなことには、誰だってうかつな返事はできない。

そこへ、三十くらいのきれいな女が亀無の家から出てきた。

「じゃあ、おみっちゃん。またね」

門を出た途端《とたん》、南町の大高と顔が合い、

「あなた」

「志保……」

ふたりとも顔を強《こわ》ばらせた。

「なぜ、戻ってこぬ。そなたは大高家の嫁だ」

「わたしにその資格はないようです」

「そんなことは、おれが決める」

「わたしの気持ちは……」

亀無は、あいだに入って気まずそうである。

「しかも、ここは亀無どのの家だろう。なぜ、出入りしている」

「あ、いや、それは……」

亀無はあわてて弁解しようとしたが、うまく言葉にならない。

「わしは、別れぬぞ」

と、大高が言い、踵《きびす》を返して立ち去っていった。がっしりした肩に寂《さび》しさが感じられる。女のほうは、あとを追わず、隣の家の中に消えていった。

これらを目撃した早瀬百次郎は、

――おいおい、どうなってるんだ？

と、思った。興味がふつふつと湧《わ》いてくる。

いまのは、どうやら夫婦だったらしい。だが、女は亀無家から出てきた。ということは、不義《ふぎ》か……？

この亀無という人は、冴えないくせに女にはもてるのか？　そういえば、女心をくすぐる駄目男という類《たぐい》もいるらしい。亀無という男もそうなのか。

「じゃあ、失礼します」

亀無に別れを告げて歩きだしながら、

――そういう得な役まわりの男がいるなんて、許しがたい。

と、早瀬は思っていた。

三

翌日――。

出仕《しゅっし》するとすぐに、早瀬百次郎は亀無剣之介に呼ばれた。

「これは、なにかわかるかい？」

紙が開《ひら》かれ、一寸ほどの長さの平たいものを見せられた。

「木の皮のようですが」

「うむ。新太の胸の傷についていたものなんだ。たぶん、胸の傷は木で作った槍のようなもので突いたに違いねえ」

「はあ」

それがなんだ、と早瀬は思った。

「おめえ、この木の皮を持っていって、なんの木の皮か調べてきてくれ」

「どうやって調べるのですか？」

早瀬が訊くと、亀無は呆《あき》れた顔をし、

「決まってるだろ。江戸中の木と照らしあわせればいいのさ」

そう言うと、さっさと奥のほうへ行ってしまった。

奉行所を出ると、とりあえず両国橋のほうへ歩きだした。今日もいい天気である。ただし歩く分には爽《さわ》やかだが、命じられたことに納得がいかない。

江戸中の木と照らしあわせろだって。どうして、あの人はそういうくだらない、できもしないことを言うのだろう。

──やっぱり、馬鹿なのだな。

と、早瀬は思った。本当に江戸中の木と照らしあわせていたら、どれくらい時間がかかるだろう。そんなことをしていたら、下手人ひとりを捕まえるのに、同心が何人、必要になるか。もっと、効率よく動かなければ駄目なのだ。

しばらく歩くうちに、

──植木屋に行けばいいではないか。

と、思いついた。植木屋なら、あらゆる木について熟知《じゅくち》している。皮を見ただけで、なんの木であるか、即座にわかるはずである。

ここは神田堀の手前、通油《とおりあぶら》町のあたりである。

「ここらに植木屋はいるかな？」

通りがかりの若い男に、早瀬はわざわざ朱房の十手《じって》をちらつかせながら訊いた。

相手がさっと緊張するのがわかる。

「あ、そこにございますよ」

通りの裏手を指差した。路地に入ると、すぐ近くにあった。百坪ほどの緑地もあって、いろんな鉢植えを店の前に並べた、大きな植木屋である。

ここでも朱房の十手をちらつかせた。だが、ごま塩頭の植木職人らしき男は、顔色ひとつ変えずに、木の皮を手に取るとすぐ、

「ああ、これは柳だね」と言った。

「柳か。間違いないな」

「間違うもんか。しかも、若い柳じゃねえ。けっこう歳のいった柳だな」

言葉づかいは悪いが、すぐに答えを出してくれたので、

「ありがとうよ」

と、礼を言った。

早瀬は喜んで、奉行所に引き返すことにした。どうだ。これほど効率よく、木の種類を特定した。しかも、歳のいった柳という、素人《しろうと》にはわからないことまで教えてもらえた。やはり、専門の者に訊ねるのがいちばんなのだ。

——なにが江戸中の木と照らしあわせろだよ。

奉行所に戻ると、門のところで出かけようとしていた亀無と出くわした。

「よお。ひゃくちゃん」

また、嫌な呼び方をされた。

「亀無さん。それは……」

「ああ、すまん、すまん」

「それより、木の皮がわかりました。これは、柳の木でした」

早瀬は胸を張った。

だが、亀無は喜ぶどころか、困ったような顔になった。

「早いねえ。もう、わかったのかい。まさか、植木屋に訊いたわけじゃあないよな」

まさにそのとおりである。

「えっ、いけないのですか」

「植木屋に訊くのを思いついたのは、感心だよ。でも、そこで帰ってきちまったのがいけないのさ。一本ずつ見たり、探ったりしていくうちに、いろんなものが見えるし、いろんなことを考える。この男は、なぜ、柳の木を斬ったのか？　柳の木は、剣術が達者じゃないやつでも、すぱっと斬り落とせるのか？　柳の木はどこらに生えているのか？　そういうことを考えながら歩くだろ。そしたら、また、別なものまで見えてきたりするじゃないか」

たしかにそうかもしれない。

だが、それをしていたら、時間もかかるし、貴重な人間をひとり、無駄に使うことになるのではないか。

しかし、それを露骨《ろこつ》には言えず、

「それだと、手間《てま》が……」

とだけ言った。

「もったいないってか。いいんだよ。見習いなんざ、もともとあてにしてねえもの」

「うっ」

「三日でも四日でも、江戸中の木を見てくるんだぜ」

亀無はそう言って、早瀬に背を向けた。


亀無剣之介は、早瀬百次郎に江戸中の木の探索を命じたあと、阿部川町の甚五郎の家に向かった。

岡っ引きはたいがい女房に商売をさせているが、甚五郎のところは湯屋だった。ずいぶん忙《いそが》しい仕事を選んだものだと驚いたことがあるが、もともと家業は湯屋で、薪《まき》集めより、捕物のほうに夢中になってしまったらしい。

その湯屋の二階の座敷の隅に、甚五郎が座っていた。湯屋の二階はたいがい、客のたまり場のようになっているが、そことは屏風《びょうぶ》で区切られている。脇で岡っ引きの親分に見張られていては、湯あがりの客もくつろいだ気分にはなれないだろう。

「よお、親分。いたかい？」

剣之介は下から首だけ出して、声をかけた。

「ああ、亀無の旦那。さ、あがってくだせい」

甚五郎は子分を動かし、自分は家で逐一《ちくいち》、報告を受けているのだ。五、六人を一度に動かすときは、むしろそのほうがいい。下手《へた》に動きまわると、緊急の報せ《しらせ》のとき、居場所がわからなくなったりする。

「朝、新太の亡骸《なきがら》は家に戻りましたぜ」

昨夜は番屋に寝かされ、医者も呼んで、いろいろ調べさせたのだ。

「うむ」

「母親はすっかり惚《ほう》けたようになっちまいました」

「だろうな」

「あいつを手下に誘ったあっしは、顔向けできなくて弱っちまいましたよ」

「そうだったかい」

新太は貸本屋をしていたが、商売にはなかなか身が入らず、一度、浅草寺近くで町のごろつきと喧嘩になった。腕っぷしが強く、ごろつきをぶちのめしたのはいいが、そいつはやくざ者ともつながっていた。

こういうのは、あとが厄介《やっかい》で、下手《へた》をすると腕の一本や二本は粉々《こなごな》にされ、使いものにならなくなったりする。

「おめえ、おいらの手下になりな。そうすりゃ、やつらも手は出せなくなる」

甚五郎は、新太に自分の若いころを見るような思いがしたのだろう。そう言って、下っ引きとして使うようになったそうだ。

「だが、よく気が利いて、歩きまわることに骨惜《ほねお》しみもしない。たまたま南町のほうの仕事が多かったのですが、同心の方たちにもかわいがられましてね」

「そうみたいだな」

「定町廻りの大高さまなどは、あと一、二年もすりゃあ、おれが手札《てふだ》をやるぜとおっしゃってくれてました。それがあんなことになっちまって」

甚五郎はがっくりと肩を落とした。

「なんとしても、下手人は捕まえてやりてえんで」

「ああ。そうしようぜ」

剣之介もうなずいた。

「ところで、調べのほうはどうでえ？」

「とにかく、さっき言った浅草寺近くのごろつきの関係から、新太がこれまでかかわった事件についても、徹底して洗っています。そのごろつきですが、昨年、別の揉め事で、ひとりを刺しちまいましてね、島流しになっています。そいつの仲間も一緒にです。だから、あいつらの仕業じゃありません」

「そうかい」

「それと、このところは、下谷《したや》で続けざまに起きている火付けの件で動いてましてね」

「ああ、あれかい」

細い路地を入ったところに火をつけたりしているので、地元の者が怪《あや》しいとされている。

「新太も夜中の張り込みを手伝ったりしてましたから、下手人を見つけて、強請《ゆす》ったりしていたのかなと」

「なるほど」

それなら、財布の二十両についても納得がいく。あんな金が家に置いてあったとは考えられないから、途中で盗んだのか、もらったのか、預かったのか、それが強請ったものだとしても、不思議ではない。

「だが、どうかな?」

剣之介はいったんは納得したが、やはり違う気がした。

「それだと、手柄《てがら》にならなくなる。新太のように、仕事のできる若いやつは、後ろ暗い実を取るよりも、手柄を取るんじゃねえのかなあ」と、言った。

「なるほど、そうかもしれませんね。それに亀無さま。あっしは、井桁《いげた》の手拭《てぬぐ》いの布切れを持っていたのが気になります」

「なんか、あるかい?」

「じつは、あっしらがもう一件、内密に追いかけているのは、芝の井桁屋の事件でした」

「芝の?」

ずいぶん遠い。しかも、芝界隈《かいわい》を大川は流れていない。芝の事件のかかわりで、大川の上流のほうで殺しが起きたのか?

「これはまだ、事件にもしてません。かごぬけ詐欺《さぎ》なんですが、内部の人間しか知らないことなんです。じつは、このあいだ、南の別の旦那に『新太はなにをしているのだ？』と訊かれたことがあり、そのことは伝えました。そのほかに知っているのは、直接、担当している定町廻りの同心と、芝の目明かしだけのはずです」

「ほう」

「それくらい関係する者が少ない話なので、井桁屋の周囲を徹底して洗わせています」

「それは、つながるかもしれねえな」

「ただ、井桁といっても、手拭いの模様《もよう》と、井桁屋の紋とはだいぶかたちが違いましてね」

「じゃあ、井桁屋の手拭いの切れ端《はし》じゃねえのか？」

「そうだったら、よかったんですが」

「ま、そんなに簡単にはいかねえさ」

剣之介はそう言って、二階からおりた。

甚五郎の子分たちが、必死の聞き込みをしてくれている。そちらはまかせて、剣之介は別の方向から探《さぐ》ってみるつもりだった。

亀無剣之介は、もう一度、両国橋北の百本杭まで行ってみた。新太の死体が引っかかったところである。

今日は水の濁《にご》りも消え、このあたりの流れもゆったりしたものになっている。

剣之介は、川べりに立ち、思案《しあん》をめぐらした。

死因については、どうにも不思議だった。

致命傷がいくつもあった。頭に鈍器で撲《なぐ》られた跡《あと》。首と背中に深い刀傷。胸に刺し傷。どれも、それだけで死んでもおかしくはない。

現場で死んでいれば、血の量などから、最初の傷が確認できたりもする。だが、遺体は水に叩きこまれていて、それはわからない。

よほど恨《うら》みが深かったのか？

あるいは、死因を隠そうとしたのではないか？

とすれば、おそらく、凄《すさ》まじい斬り口を隠すために違いない。

下手人はよく知られているくらいの、剣の達人なのではないだろうか。

このほか、二十両の金。それに、握《にぎ》りしめた井桁の手拭いの布切れ。

残した品は少なくはない。

だが、それは本当に、下手人のところにつながっていくのだろうか。もしかしたら、どれも関係がないのではないか。

剣之介は、完璧《かんぺき》に証拠が消されている一方で、あまりにも目立つ手がかりが残されているということが気になった。どうにも、巧妙に調べを別の方向へと持っていかれる感じがする。

――もしかしたら、これはわれわれ八丁堀の取調べについて、熟知《じゅくち》した者の仕業ではないのか……。

とすると、金のこともあてにならない。単なる偽装のために、二十両を残したのかもしれない。盗んだ金でなければ、その金子《きんす》は新太の母に下げ渡しになるだろう。あるいは、香典《こうでん》のつもりだったとも考えられる。

手拭いの切れ端も、そうかもしれない。井桁屋のほうに、われわれの目を向けようとしたのだ。だとしたら、新太が井桁屋のことで動いていると知っていた者の仕業ということになる。

剣之介は背筋が寒くなった。

――まさか、八丁堀に？

いずれにせよ、手がかりは全部、なしにして考えるべきだった。

四

新太の死体が見つかってから、五日が過ぎていた。

昨夜、阿部川町から甚五郎が、剣之介の家にやってきて、

「わしらはそこらじゅうで、どんな恨みを買うかわからないし、ちっぽけに見えたことが、どんな大きな事件につながっているかもわかりません。うかつに決めつけるわけにはいきませんが、それなら、まずあっしが殺《や》られるはずなんです。他の目明かしのことは知りませんが、あっしは手下にはかならず、おれが訊いているのだということで話をさせています。だから、あっしを殺らずに、いきなり新太が殺られるようなことは、考えられねえんです。ほんとに、これまで新太が調べたことに関係があるのか、自信がなくなってきました。単なる通り魔の仕業で、あの二十両は博打《ばくち》かなにかで勝ったものなんてこともあるんでしょうか」

と、愚痴《ぐち》をこぼしていった。

まだ、なにも浮かびあがってこないのだ。

だが、剣之介は別のほうで動いていた。

仕事ではなく、遊びのほうで。つまり、新太の遊び場所や、酒を飲む店を訪ね歩いていた。

あの年頃《としごろ》の若者は、友達に自慢する。親とか上司には心を打ち明けなくても、友達にはなんでもしゃべっていたりする。

そう思ったから、新太の飲み友達を捜した。

飲み屋の〈はなえ〉は、いかにも若者が集まりそうな店だった。飾り物がやたらと多く、ギヤマンやら、外国の風物を描いた絵などもいっぱい並べられていた。歳がいった者には、こんな店は落ち着かず、四半刻といる気にはなれない。

ここの常連である絵描きの若者は、西洋斎《せいようさい》と名乗った。新太とは、ここで友達になり、しばしば深酒《ふかざけ》にもなったという。

新太がひどい死に方をしたのも、ほかから聞いて知っていた。

「そういえば、この前、会ったときに、おかしなことを言ってましたよ」

「なんて？」

「消えた千両箱の謎を解くって言ってました」

「消えた千両箱だって……」

剣之介には、思いあたることがあった。

去年の冬である。

蔵前《くらまえ》の札差《ふださし》の十条屋寅右衛門《じゅうじょうやとらえもん》の店に、押し込みが入った。賊は五人。凶悪な連中で、寅右衛門の家族四人と、住みこみの手代《てだい》、小僧、女中ら六人を皆殺しにして、千両箱ふたつを奪って逃走した。

賊たちは、逃走用の舟を二艘、用意しておき、これに千両箱をひと箱ずつ積んで逃げようとした。

そのとき、たまたま上流で夜間の訓練をして戻ってきた御船手組《おふなてぐみ》と鉢合《はちあ》わせしたのである。

「怪《あや》しいやつら。荷をあらためさせよ」

と、舟を止めさせようとした御船手組の同心たちに、賊たちは反撃を企《くわだ》て、闇夜の死闘が繰り広げられた。

一艘に乗りこんだ賊三人は、斬り殺され、千両箱ひとつも回収した。

もう一艘に乗りこんだふたりは、追いかけてきた御船手組の同心らを斬り倒し、大川を斜《なな》めにさかのぼって逃走した。

だが、この戦いでひとりは舟から落ちて死亡、もうひとりも深い傷を負《お》った。

それでも、いったんは御船手組から逃《のが》れ、行方《ゆくえ》をくらましたのだ。

しかし、この舟もほどなく源森川を少し西に入ったあたりで発見される。逃げた男も血が出つくしたらしく息絶えており、盗まれた千両箱も舟に残っていた。

ところが、このあと、取調べは町方あつかいとなり、通《かよ》いの番頭の証言から、あらたな謎が出てきたのである。

「金蔵《かねぐら》にあった千両箱はふたつですが、もしかしたら、もうひと箱、旦那がどこかに隠していたかもしれません」

そう言ったのである。

なにせ、賊一味の五人は、皆、死んでいる。あるじの寅右衛門の家族や手代たちも、殺されてしまった。この話は確かめようがなく、奉行所内で秘匿《ひとく》されることになった。

——その千両箱のことか？

剣之介は気になった。

ただし、この事件については、渡辺兵馬《わたなべひょうま》という定町廻り同心らが担当し、蔵前から両国あたりを縄張りにする佐平《さへい》という岡っ引きが動いていたはずである。

新太がなぜ、それに嚙んだのか？

剣之介のところにも洩《も》れ伝わってきたくらいだから、新太もどこかから聞きこんだのかもしれない。

加えて、千両箱の在処《ありか》について、なにかつかんだのかもしれない……。

「いい話をありがとうよ」

剣之介は、この西洋斎とやらに別れを告げ、店を出ようとした。

「旦那」

と、西洋斎が声をかけてきた。

「なんでえ」

「旦那のその頭、いいですね？」

「いい？」

「はい。ちりちりっとなってるところが。見栄《みば》えがいい。かなり、いま的《てき》ですよ」

「いま的？」

若者の言葉づかいにはわからないことが多い。

「あっしも真似《まね》していいですかい？」

剣之介は苦笑し、

「勝手にしな」

と、言い捨てて、店をあとにした。

「まったく、こういう努力は、いま的じゃねえんだよなあ」

早瀬百次郎は、この五日、江戸中とまではいかないが、大川周辺にある柳の木を一本ずつ眺めながら、歩き続けていた。

当初の思惑では、両国橋の少し上で、大川に流れこんでくる神田川周辺は無視することにしていた。神田川から百本杭はちょうど真向かいくらいになる。流れのある大川に入りこんできたとしても、すぐ下流に向かうから、死体が百本杭に引っかかることはありえないと思ったのだ。

だが、その見解を亀無に言うと、

「ばあか。大川は上げ潮のときは逆流するんだぜ」

と、怒られた。

「あんな雨の日もですか」

「ばあか。海のほうにも雨は降ってるだろ」

とも言われた。

あんな馬鹿みたいな人に、馬鹿と言われて、早瀬は悔《くや》しくてならない。海のほうにも雨が降るからという理屈は、どうにも納得できない気がした。

しかも、神田川周辺を入れると、あそこには柳原堤といって、柳の並木道みたいなところがある。これを一本ずつ見ていくのに、丸二日を費《つい》やしてしまった。

この日も、早瀬は文句たらたらで、大川周辺を歩きまわっていた。

大川のこのあたりを、文人たちは隅田川などと呼ぶことが多いが、柳の木はほとんどない。桜並木が続いている。

水戸さまの下屋敷の手前で、大川を右に折れ、源森川に沿って歩いた。

一町ほど行ったあたりに、柳の大きな木が数本、集まっているところがあった。

そのうちの一本に目を凝《こ》らしたとき、

「これは！」

早瀬は思わず、声をあげていた。中ほどの枝がすっぱり斬り落とされている。

不自然な斬り口であり、しかも新しい。

まわりも見た。払われた小枝がまだ若干《じゃっかん》残されている。

土手の下のほうに石段があるが、そこの石のひとつに動かされたような跡《あと》もある。大きさは沢庵石くらい。これで頭を打てば、新太の死体のように頭がへこんだりもするだろう。早瀬は一瞬だけ見た新太の頭のかたちを思いだし、吐きそうになった。

「間違いない。絶対にここだ」

今度こそ、早瀬は自信満々で、この場所を亀無に伝えた。

早瀬の報告を聞き、剣之介がここまでやってきたときは、すでに真っ暗だった。中間《ちゅうげん》の茂三と、早瀬百次郎に提灯《ちょうちん》をふたつずつ持たせ、あたりを照らしださせた。

それでなくても、十六日の月だったため、かなり明るい。

「これです、この木です」

と、早瀬は指差した。

「ふうむ」

剣之介は提灯を近づけた。

「それから、こっちには頭を殴るのにぴったりの石が」

と、土手の下のほうにも案内した。

「どれどれ、なるほど」

剣之介はゆっくり歩きまわり、

「ここだな。よく見つけた」

と、早瀬に言った。

「な。だから、ひとつずつ、足を使って確かめるのも大事だろ」

「ええ、まあ」

早瀬は喜ぶというより、釈然《しゃくぜん》としない顔をしている。

まあ、いい。どうせ若い者というのは、経験を馬鹿にしがちなのだ。

ここは、源森川を二町ほど小梅側に入ったあたりである。水戸さまの下屋敷と、大身《たいしん》の旗本屋敷にはさまれ、昼間でもひとけは少ない。

去年の札差十条屋の押し込み事件で、賊一味のもうひとつの舟が見つかったのも、このあたりだった。

——やっぱり、十条屋の消えた千両箱と、新太の殺しはつながっている！

五

「剣之介さん。兄が来てほしいと申してます」

志保が呼びにきた。ちょうど早瀬と一緒に家の前まで来て、立ち話をしていたときだった。

「おまえも一緒に来い。こちらは、与力の松田重蔵さまの妹さんだ」

「え、松田重蔵さまの……」

早瀬は松田重蔵に心酔しているのだろう。たしかに、見かけだけを取ったなら、松田重蔵は八丁堀一、いや、下手《へた》をすると数ある幕臣のなかでも、一、二を争うのではないか。それくらい美男だし、立ち居振る舞いが堂々《どうどう》としている。

「わたしが松田さまのお宅に！　よろしいのですか！」

すっかり感激している。

足をがくがくいわせはじめた早瀬を連れて、剣之介は松田の書斎に入った。

ここで、十条屋の消えた千両箱と、新太の殺しがつながるかもしれないと報告した。

だが、松田は、

「剣之介。そのふたつがつながったくらいで有頂天《うちょうてん》になってちゃ駄目だ」

と、たしなめた。

べつに有頂天になっているわけではない。

だが、早瀬は剣之介が注意されたことで、嬉しそうにしている。

「もっと、ほかにもつながるぜ」と、松田は言った。

「えっ、どこにですか？」

「決まってるじゃねえか。井桁屋だよ」

「かごぬけの井桁屋とですか？」

「そうさ。十条屋の隠し金の千両は、もともと井桁屋から騙《だま》し取ったものにちげえねえのさ。井桁屋はその悔《くや》しさから、自分のところもかごぬけをやるようになった。若いときに脅されて、金を巻きあげられたやつが、大人になると同じことを他人にしたりする。そういうものだな。しかも、井桁屋では人を雇って、十条屋を襲撃させた。新太はそこらをつかみ、井桁屋を問いただすうちに、金を握《にぎ》らされた。どうしようか迷っているうちに、井桁屋が雇った殺し屋あたりに消されちまったってわけさ」

　驚くべき推察だった。だいたい、十条屋の金が井桁屋から騙し取ったというところからして、松田の妄想《もうそう》である。

「根拠は？」

　剣之介は訊いてみた。

「井桁屋の商売がなにか知っているか？」

「いや、そこまでは」

「そこまで調べなくては駄目だ。井桁屋は米屋だ。古米、古古米を集めて売ったりもしている。まさに、札差《ふださし》とつながるではないか」

剣之介は頭がくらっとした。だが、隣で早瀬が、

「す、すごい」

と、うめいた。

剣之介は、なにがすごいのかわからない。

ここからはいつものように、まともに耳には入れないようにして、呆《あき》れるくらい突飛《とっぴ》な松田重蔵の推論を聞き流した。


早瀬を先に帰し、自分も志保に挨拶だけして帰ろうとすると、やたら生臭い匂いが流れてきた。

「臭いでしょ、剣之介さん？」

「うむ。少し、臭いかな」

剣之介は嘘がつけない。

「干物にしようと思ってるんだけど、なかなかうまくいかないものね」

「干物？」

「兄がまた、釣りをはじめたの」

「ああ」

松田重蔵は趣味が広い。しかも、飽きっぽい。ただ、やめたと思っていた趣味がまたぶり返したりする。要は、七つ八つくらいの趣味を、数か月ごとにぐるぐるまわしているようなものだ。

ここのところは、釣りの番になったらしい。

「一緒に行く人がうまいらしく、釣果《ちょうか》はいいのよ。でも、食べきれないくらい持ってくるので、干物にしたいんだけど」

「なるほど。おいらがよく行く飲み屋は、うまい干物を作るけどね」

「あら、教えてもらいたい」

「じゃあ、よかったら、いまからでも？」

じつは、晩飯がまだである。それこそ、干物を焼いたやつで一杯やりながら、茶漬けでも食いたかった。

おみちのことは婆やに頼み、志保とともに柳橋の〈つたの家〉に向かった。

「ここなんだよ」

志保を連れて暖簾をくぐった。

「あら、いらっしゃい」

おつたが軽く目を見張った。

「うまい干物がどんなものか、教えてあげようと思ってね」

「光栄ですわ」

剣之介は梭子魚《かます》の干物を焼いてもらい、これを肴《さかな》に冷酒を飲んだ。

志保のほうは、鰺《あじ》の干物を食べながら、干物のおいしい作り方を伝授してもらっていた。

女ふたりが他愛《たあい》のない話をするのを脇で聞きながら、自分はだらだらと酒を飲むというのは、なんとなくいい気持ちである。

銚子二本で、いい具合に酔った。

ところが、志保が帰る間際に厠《かわや》に立ったとき、急に雲行きが変わった。

おつたがそっと、剣之介に耳打ちした。

「あの人、ご新造《しんぞう》さまになる方でしょ」

「え？」

「やあね。独り者だなんて」

ちょっと怒ったような気配《けはい》がある。

志保が戻ったので、一緒に店を出た。

だが、歩きだすとすぐ、志保が言った。

「あの人、きれい。それに、剣之介さんを好いてるわ」

「そんな馬鹿な」

「ううん。女にはわかるの。お嫁にもらってあげればいいのに」

「困るな」

「お料理も上手《じょうず》だし」

こっちも機嫌はよろしくない。

——どうなっているのだ？

剣之介は、志保を連れてきたのを後悔した。

六

翌日——。

亀無剣之介は、中之郷瓦町を歩いた。前は源森川になるので、いわゆる片側町である。

大きな店は、そう多くない。

そのうちのひとつに、油屋の葛西屋があった。

看板が新しい。だが、店はもとからあった。

このところ、景気がよくて、看板を新しくしたらしい。なんとなく臭い。

甚五郎に頼んで、葛西屋を調べさせた。

さすがに気合が入るらしく、その日のうちにかなりのことがわかった。

あるじは葛西屋又右衛門。

数年前に女房を亡くし、いまは独り身である。その女房が病《や》んだとき、薬代がかさみ、一時期は潰《つぶ》れかけたらしい。

だが、最近になって、持ち直したという。

「大金でもつかんだのかという噂もあるそうです」

と、甚五郎は言った。

もし、その葛西屋と、十条屋の消えた千両箱がつながるとして、新太は、どうやってそのつながりを知ったのか？

新太は貸本屋もしていた。

「野郎は捕物のほうに夢中になっていて、そっちはそれほど一生懸命やってたわけではありません。それでも、三、四十軒の得意先は持ってましたので、そっち

「はあっしがまわってみます」

甚五郎にお得意さまをまわってもらうが、とくに怪《あや》しい人間は浮かびあがってこない。

剣之介は、やはり飲み屋が絡むと睨んだ。

新太が贔屓《ひいき》にしていたのは、二軒。そのうちの一軒は、西洋斎という妙な絵描きがいた〈はなえ〉で、もう一軒が〈あさや〉という店だった。こちらは、とくに変わったところはない、駒形河岸沿いの小さな店である。だが、ここで一度、新太は女とひそひそ話をしていたことがあったという。

「その女というのは、新太とできてるふうだったかい？」

「いや、違う。あの女は、最近来なくなっちまったが、誰かのお妾だな」

亭主は店の隅にいた常連に、

「ほら、たまに来てた娘で、しゃがれた声を出すのがいただろ。あれのことを、なにか知らないかね？」

と、訊いた。

「ああ。ありゃあ、そっちの人形長屋に住んでるんだ。でもあの娘はたしか、最近、死んだぜ」

「え？」

剣之介は、寒気がした。

すぐにその人形長屋に行き、大家に話を訊いた。

本当は忠助長屋というのだが、こざっぱりしているうえに、人形の職人がふたりほど住んでいるので、そう呼ばれるようになったらしい。

その娘は、おせんという名で、ひとりで住んでいた。もちろん、自分で家賃を払っているわけではあるまい。

「おせんは死にましたよ。五日ほど前、酔っ払って、大川にはまっちまった。酒癖がよくなかったからね」

「妾かい？」

「ええ。旦那がたまに来てました。だが、葬儀のときはいなかったね」

「どんなやつか、わかるかい？」

「ああ。なんでも、川向こうで油屋をしてるらしいがね」

葛西屋に違いない。

あるじの妾が死に、葛西屋を探《さぐ》っていた下っ引きも殺された。

そんなに都合よく、立て続けに人が死ぬはずがない。

新太はおそらく、酔っ払った葛西屋の妾から、なにかを聞いたのだ。そして、葛西屋も口の軽いこの妾を始末してしまった……。

その夜――。

遅くなってから、早瀬百次郎が奉行所に戻ってきた。

早瀬には、中之郷一帯で聞き込みをさせていたのだ。もっとも、剣之介はそれを命じたことをすっかり忘れていたのだが。

「中之郷瓦町から、少し西に行った小梅瓦町の蕎麦屋で、事件当夜、見慣れないふたり連れがきたそうです」

「ほう」

「ひとりは若くて、すばしっこそうな身体つきをした男。もうひとりは、どこかの藩の勤番《きんばん》の武士か、あるいはそう貧窮《ひんきゅう》していない浪人者といった感じだったそうです」

「若いのはほぼ、新太に間違いないだろうな」

「はい」

「そして、その武士が、新太と、妾のおせんを殺した下手人だ」

「やっぱり」

早瀬は目を輝かせ、

「手柄ですかね」と、言った。

「まだ、早いよ。それに、おめえはもうこれ以上、動くな」

「動くなですって」

早瀬は自尊心を潰《つぶ》されたような、悔《くや》しげな顔をした。

「ああ。そいつはな、殺しの調べについて、どういうわけか熟知《じゆくち》しているのだ。こっちが変な動きをすると、裏をかいてくる怖れもあるんだよ」

剣之介は、阿部川町の甚五郎のところに向かった。


——やはり、あの千両箱は、天の恵《めぐ》みなどではなかったのだ……。

葛西屋又衛門は、二階の窓から外を眺めて、そう思った。

源森川の淵《ふち》に、見慣れない男が座っているのが見える。二十なかばのごつい身体つきの男である。所在《しよざい》なさげにしながらも、こちらをちらちらとうかがっていた。

昨日は、別の若い男が、何度もこの前を行ったりきたりしていた。この近所の家にも入りこみ、この店についていろいろと訊ねていったらしい。

町方の手先なのだろう。

千両箱の横領について、とうとう嗅ぎつけられてしまったのだ。

昨年の冬、ひどく冷えこんだ夜のことだった。

そのころ、葛西屋は深夜になっても、寝つけずにいた。資金ぐりが苦しかったのだ。借金も二百両を越え、もはやこの店を処分するしかなくなっていた。

もともと、商売など性《しょう》に合わなかったのだ。うちは大名屋敷相手の商売だから、方々《ほうぼう》にへこへこと頭を下げなくてもいい、そんな義父の言葉に騙《だま》されたようなものだ。いざ、やってみると、やはり頭の下げ続けだった。

細かい金の勘定《かんじょう》も苦痛だった。金子《きんす》を数えたあとは、自分が穢《けが》れたような気がして、何度も手を洗った。そのくせ、金に卑《いや》しくなっている自分にも気がついていた。

落ち目になるのは当然だった。女房の病《やまい》でも大金を使ったが、あれがなくてもしょせんは潰《つぶ》れかけていたのだ。

そんなこんなで眠れない夜が続いていた、あの夜――。

すぐ前の、源森川の川岸に小舟が着いたのがわかった。薄く張った氷がぱりぱりと砕ける音がしたのだ。

こんな夜中に……と、不思議に思い、窓を少し開けて、外を見た。小舟に男がひとり乗っているのが、かすかな月明かりでわかった。

男は苦しげにしていたが、ふと力をなくし、顔から胸あたりまでを川の中に突っこむようにした。氷が張るほどの水である。生きている人間のすることではない。

小舟に荷物があるのも見えた。ひと抱えほどの木箱である。

千両箱のようだ……と、葛西屋は思った。

そっと通りに出た。ひとけはまったくない。寝巻きを襟首まで隠すように着て、川べりにおりた。

小舟の男はやはり死んでいた。顔を水につけて、ぴくりともしていない。身体には傷が何箇所かあった。

それよりも、舟に積まれていた箱に目がいった。やはり、千両箱だった。しかも、ふたつ。この男は盗人《ぬすっと》で、どこかに押し込みでもしてきたに違いない。

大川のほうを見ると、提灯《ちょうちん》を灯《とも》した舟が三艘ほど周回しているのが見えた。この舟を捜しているらしかった。

——これぞ天の恵み。

咄嗟《とっさ》にそう思った。急いでひとつを抱え、店に運びこんだ。捜す側では、ふたつのうちのひとつは、川にでも放り投げられたと思うのではないか。大川に投げ入れられたりしたら、十年探しても見つかるまい。

やがて、提灯を灯した舟がこちらにやってきて、死んでいる男を発見した。

「千両箱もあるぞ」などと言っているのが不思議だった。もうひとつあったのを知らないのだろうか。

それから、しばらくのあいだ、葛西屋は不安な日々を過ごした。年が明けてもなんの探索もなく、やはりあの千両箱については見逃《みのが》されてしまったらしい。

千両の効果はすばらしかった。

借金を清算し、これまで商いがとどこおりがちだったところに、付け届けをして、さらに高値ではあったが、いい油を仕入れた。これがきっかけで、売上が伸びたのである。

千両箱の横領が洩《も》れたのは、自分のせいだった。

妾のおせんに、酔ったあげく、ぽろりと話してしまったらしい。しかも、そのおせんの知りあいに、町方の下っ引きがいたのだった。

――それでも、しらばくれていればよかったのだ……。

横領した証拠など、なにひとつなかったのだ。蔵に隠しておいた義父のへそくりとでも言えば、疑われる理由もない。

なまじ、あいつに相談したばかりに……。

まさか、いきなりふたりを殺してしまうとは思わなかった。やはり、わたしに対して負《お》い目があったのだろう。

「大丈夫だ。逃げきってみせる」

あいつはそう言った。

だが、今日も町方の探索は続いているではないか。

――しょせん、千両は夢だったのだ。それも悪い夢……。

葛西屋は力なく、源森川の水の煌《きら》めきを見つめていた。

亀無剣之介たちは、葛西屋又衛門の当日の様子を調べ、さらに商売の中身や、あるじの過去についてあらかた調べ終えるまで、三日もかかってしまった。

だが、甚五郎が子分たちを引き連れ、奉行所にやってきたときは、ほとんどのことがあきらかになっていた。

「当日、葛西屋は店にいませんでした」

と、甚五郎が言った。

「親戚の慶事で、赤坂のほうに出かけていたのです」

「では、新太はそうとは知らずに、あのあたりに行ったんだな」

と、剣之介が訊いた。

「でしょうね」

「新太はおそらく、おせんがいなくなり、まだ死体もあがっていなかったので、もしかしたら葛西屋に監禁されたりしているのかと、見にきていたのではないかな」

「あっしもそう思います」

「しかも、その前から、ちらりと葛西屋を問いただしたりもしたんじゃねえのかな。それで葛西屋のほうは、新太が動いているとわかっちまった」

「ええ」

「でも、新太を直接、殺《や》ったのは葛西屋ではないだろう」

「そうです。それに、葛西屋は腕をやられていて、剣も遣《つか》えないんです。ただ、葛西屋というのは、もとは武士です。名前は若井《わかい》昌二郎《しょうじろう》といいました」

　甚五郎がそう言うと、後ろにいた下っ引きのひとりが、大きくうなずいた。そいつが調べたことなのだろう。

「そうだったのかい？」

「浪人でしたが、剣術の腕はよかったそうです。近藤修輔《こんどうしゅうすけ》という人の一刀流《いっとうりゅう》の道場があり、ここは門弟《もんてい》も五百人を超えるくらい栄《さか》えていました。そこで、もうひとりの遣い手とともに、竜虎《りゅうこ》と呼ばれていたそうです。その竜虎のもうひとりは……」

　甚五郎が口ごもった。

「どうしたい、親分？」

「そのひとりは、田所左近といって……」

「田所左近……」

「かごぬけ詐欺《さぎ》のことを話した南町の同心ってのは……田所さまのことなんです」

　剣之介は、顔から血が引いていくのがわかった。

　南町奉行所の定町廻り同心――八丁堀に、最悪の同心がいやがったのか。

「まだ、二十歳前後のことですが、田所左近がどこかの藩の武士たちと喧嘩騒ぎを起こしたのだそうです。相手は七、八人もいたといいます。若井昌二郎は、その助《すけ》っ人《と》をしたんです。ふたりは親友だったらしいですがね。喧嘩には勝ちましたが、若井は腕の筋を斬られ、二度と剣を持つことができなくなった……。じつは、剣の腕を買われて、どこかの藩の江戸屋敷の用人《ようにん》になることが決まっていたのですが、それもオジャンになっちまったそうです」

甚五郎は、胸の痛みでもこらえるように、眉をひそめて語った。

「そうだったのか」

「それから何年かして、若井は葛西屋の入り婿《むこ》になりました。もとは武士だから、いろいろと苦労したそうです」

田所左近は、葛西屋に大変な義理と負い目があったわけだ。

たまさか葛西屋は、強盗が運んできた千両箱を横領する機会に恵《めぐ》まれた。

だが、それがばれそうになったとき、葛西屋は田所に助けてくれと頼み、田所もこの秘密を知る者をふたり、抹殺《まっさつ》しなければならなかったのであろう。

七

——三人いれば大丈夫だ。

剣之介はそう思ったことを後悔した。

かりにも八丁堀の同心である。もし本当に殺しの下手人であるならば、岡っ引酷《こく》だと思った。説得し、おとなしく北町のほうに入ってもらうつもりだった。

その話をするため、南町奉行所から出てきた田所を、八丁堀の隅にある薬師堂の境内《けいだい》まで連れだしたのである。春の日暮れは遅く、田所は暮れ六つ前に出てきたので、まだ境内にはうっすら明かりも残っていた。

南町奉行所の大高にも事情を話し、来てもらった。当初はなかなか信じなかったが、調べの過程をていねいに説明すると、納得した。

亀無剣之介、見習いの早瀬百次郎、そして、南町の大高晋一郎が、遠巻きに田所左近を囲んだ。

「なんだな、いったい？」

田所は笑みすら浮かべて訊いた。

「甚五郎のところの下っ引きの新太を斬ったのは、田所さん、あんたなんだね」

と、剣之介が言った。田所を問いつめるのは自分がやると、大高と早瀬には伝えてあった。

「おい、北町のちぢれすっぽんは、見かけのわりに腕はいいと聞いていたが、とんでもねえ言いがかりをつけるんだな」

「そうじゃねえ。あんたは、新太の死体にいろいろ細工をし、おれたちの目をごまかそうとした。でも、犯行を完全にごまかすのは、容易なことじゃねえ。どうしても粗漏《そろう》が出てしまう。それは、おいらたちがいちばん知ってるはずだぜ」

「ほう、そうかい」

「あんたは、下手人がすごい遣《つか》い手だとわからないよう、ほかにも致命傷となる傷を作り、わざわざ大川のほうまで船で引いたかして、流した。本当なら、海まで流れつけばよかったんだろうが、あれは新太の執念の仕業だ、百本杭に引っかかってくれた。その傷のひとつ、胸の傷についた木の皮からだよ。あんたが、柳の木を斬って、槍を作った場所が特定できたのは」

「ふむ、それで？」

「一方、新太は、消えた千両箱を追っていると、友達に洩《も》らしていた。それを新太に洩らした女は、あんたが始末したが、若者の広い友達付き合いを全部、探《さぐ》ることなんかできねえからね」

「…………」

「これで、あのあたりと、十条屋の消えた千両箱がつながってきた。あとは、急に景気がよくなった葛西屋が浮かび、あんたと葛西屋の関係もわかってきた。田所さんには、どうしたって助けざるをえない義理があったからね」

「おいおい、ずいぶん糸をつなげたみたいだが、それでもはっきりした証拠はなにもないいんじゃねえのか。葛西屋だって吐いちゃいねえんだろ。だいたい商人なんて、どこに金を隠してるかわからないやつらなんだ。千両くらい、前から隠し持ってても、なんの不思議もねえんだぜ。おれだったら、それくらいじゃあ、お裁きまで持っていくことはしないねえ」

　田所は余裕を見せた。

「ところがね、田所さん。新太は、やっぱりなにか感じたんだね」

「なにを？」

　ようやく、田所の顔に、焦《あせ》りのような表情が浮かんだ。

「新太は、手のひらに手拭《てぬぐ》いの切れ端を握《にぎ》っていたのさ。おそらく、斬られる前に、なにか胡乱《うろん》な気配《けはい》を感じたのかもしれない。なんの意味だろうと、おいらは考えたよ」

「それで？」

「まさに、下手人を示していたのさ。その手拭いは紺《こん》色の布地でね。しかも、右手ではなく、左手に握っていた」

「それが?」

「いいかい。新太は右利きなのに、左手に握っていたんだぜ。紺色の布地を左手に。つまり、左の紺《こん》。これは、左近《さこん》を意味してるのだと、わかったんだよ。田所左近さま」

「そんな馬鹿な」

と、田所は呆《あき》れた声をあげた。

「左手に持った、紺の布地で左近だって! そんときは夜だ。色なんざわからねえ。大事なのは模様だろ。あれは、井桁屋を示していたんだろうが」

田所はそう言った。

「田所さん。あんたは、この調べにはかかわっていないはずだぜ」

「あ」

田所はしくじりを犯したことをすぐに察知《さっち》したらしく、顔を歪《ゆが》めた。

「しかも、新太が井桁屋のことを調べていることは、ほんのひと握りの者しか知らないんだ。甚五郎に訊いた田所さんも含めてね。おまえが殺したんだ。絶対、逃《のが》しゃしねぇぞ」

　と、剣之介が言うと、田所は大きな笑い声をあげた。

「おめえ、引っかけたのかい。まいったな。紺色の布地を左手に握った、ときたかい。だが、こうなったら……」

　田所はゆっくり刀を抜いた。

「三人とも死んでもらうぜ」

「亀無。田所は遣《つか》うぞ」

　と、大高が叫んだ。

「そうだろうね」

　それは、さっき向きあったときからわかっていた。この身体つき、隙《すき》のなさ、強い殺気、すべてが並外れた遣い手であることを感じさせていた。

　三人でも危《あや》うい。剣之介は不安に思っていた。

「きさまぁ」

　いきなり早瀬が斬りかかった。どこぞの道場で、目録《もくろく》をもらったと自慢していた。

　だが、早瀬の剣はがちりと音を立てたかと思うと、巻きあげられ、高々と飛んで、薬師堂の二階の庇《ひさし》に突き刺さっていった。

田所の剣が早瀬を襲った。

早瀬が髷の先を斬られただけで済んだのは、たまさか田所が、地面の出っ張りに足を取られたおかげだった。

この早瀬を救おうと、大高が脇から斬って出た。

だが、田所はこの剣を楽々と見切った。のけぞるようにかわす。

次の剣も、さらにその次の剣も、田所はわずかに足を引くだけである。

田所の剣が横にすべった。

「うっ」

大高の肩先から血が走るのが見えた。

田所が踏みこもうとするとき、剣之介が後ろから突くように出た。途端《とたん》に、向きを変えた田所の剣は、今度は剣之介の脇腹をかすめた。最初、冷たく、すぐに熱さを感じた。脇腹が斬られ、血が流れだしたのがわかった。

「どうした、三人がかりでそのざまか」

田所がわめいた。

剣之介は刀をおさめた。息を大きくつく。

「やめるか」

またも田所は笑った。

だが、剣之介はそのまま、前に走った。爪先立ちで、思いきり身体を前に傾《かたむ》けていた。

それは、突進ともいうべき前進だった。

――無謀《むぼう》だ。

と、大高が言おうとしたらしい。

そのとき、剣之介はもう田所のすぐ前にいた。

振りかぶった田所の剣が、剣之介の肩口に炸裂しようとしたとき、小さく、しかしすばやく抜かれた剣之介の脇差《わきざ》しが、田所の胸をえぐっていた。ぶっという唇が発したような音がした。

血飛沫は夜目にも禍々《まがまが》しく見えるくらい、赤々と吹きあげた。

そのとき――。

「北町奉行所だ！」

松田重蔵の声がした。大勢の捕方たちが、境内に飛びこんできたのは、まさに剣之介と田所が交差したときだった。

なぜか、その後ろに志保がいて、こっちに駆けこんでこようとしていた。おそらく、甚五郎の報《しら》せをそばで聞き、そのまま止めるのも聞かずに飛びだしてきたのだろう。

だが、すぐに誰かに腕をつかまれた。女が飛びだしてくる場所ではない。

「無事だ、無事だ」

大高が怒鳴った。

志保がほっとしたようにうなずくのも見える。

——もしも、志保を止めなかったら……。

と、剣之介は思っていた。

——志保は、大高さんとおいらと、どっちに駆け寄ろうとしていたのかな？

このまま座りこみ、寝てしまいたいくらいの疲労のなかで、亀無剣之介はそれだけが気になっていた。

翌朝——。

早瀬百次郎は、比丘尼《びくに》橋のたもとで、亀無剣之介が来るのを待っていた。亀無がいつも八丁堀から来て、この橋を渡ることは知っていた。

亀無の朝は、いつも遅れがちだ。遅刻まではいかないが、いつもぎりぎりのところで間に合っているというふうだった。早く来るなら、真面目《まじめ》で几帳面《きちょうめん》だと思う。遅刻なら遅刻で、悠々《ゆうゆう》とした大物の風格を感じる。だが、遅刻ぎりぎりであわてて駆けこんでくるさまが、亀無らしく小人物然としている……昨日までは、そう思っていた。

だが、早瀬の亀無に対する見方は、昨日で一新《いっしん》していた。

南町の同心、田所左近を見事に追いつめ、結局、白状させてしまった。しかも、わざとすっとぼけたことを言って、田所を罠に陥《おとしい》れた。あんなことは、けっして誰にもできることではない。

――もしかしたら、捕物の天才なのではないか。

しかも、あの剣の腕である。あとで聞いたところでは、田所左近は八丁堀でも一、二を争う剣の遣《つか》い手だったという。自分が相手にならなかったのもあたりまえなのだ。だが、そんな田所を、亀無は一刀《いっとう》のもとに斬ったのである。

――なんて、すばらしい。

いったい自分はなにを見ていたのだろう。見た目が冴えないというそれだけのために、あの人のすごさに気がつかなかった。もしかしたら、あのおかしな髷も、相手を油断させるため、わざとしているのではないだろうか。

――来た……。

亀無が向こうから歩いてくるのが見えた。

ずいぶん疲れているようである。足取りは重そうだし、今朝はまた、いちだんと髷がぽわぽわっとなっている。

顔にもまったく覇気がない。これで顔色が悪ければ病人だが、顔色はいいので、やはり単にぼおっとした人に見えてしまう。

早瀬はそんな亀無の前に立った。

亀無は、早瀬のことなどまるで目に入らないらしく、ぶつかる寸前にあわてて立ち止まり、

「おお、びっくりしたぁ」

と、言った。

「なんでえ、ひゃくちゃんかぁ」

と、今日も言った。

「ひゃ、ひゃくちゃんです」

早瀬もつられて言ってしまう。

「眠いなあ」

「はあ」

「今日は休みたかったよ。昨日はあんな斬りあいまでさせられてさ。しかも、南の同心だものの。おいら、恨《うら》まれるぜ。そんなことまで考えたら、眠れなくなっちまってさ。やっぱり、ここで帰ろうかなぁ」

こぼすこと、愚痴《ぐち》ること、とても昨日の亀無と同じ人物には思えない。

早瀬は元気のない亀無のあとをついて、とぼとぼと北町奉行所に向かった。こっちも元気がなくなってきそうな歩みだった。

言おうと思っていたことは、ついに言えなかった。

早瀬は、顔を合わせたらすぐ、こう言うつもりだった。

——誤解していました。いまは、尊敬しています。

だが、いまはまた、誤解でもなかったのかと思いはじめていた。

コスミック・時代文庫

新装版 同心《どうしん》 亀無剣之介《かめなしけんのすけ》
消えた女

【著 者】
風野真知雄《かぜのまちお》

【発行者】
杉原葉子

【発 行】
株式会社コスミック出版
〒154-0002 東京都世田谷区下馬 6-15-4
代表 TEL.03(5432)7081
営業 TEL.03(5432)7084
FAX.03(5432)7088
編集 TEL.03(5432)7086
FAX.03(5432)7090

【ホームページ】
http://www.cosmicpub.com/

【振替口座】
00110-8-611382

【印刷/製本】
中央精版印刷株式会社

乱丁・落丁本は、小社へ直接お送り下さい。郵送料小社負担にて
お取り替え致します。定価はカバーに表示してあります。

ISBN978-4-7747-6148-0 C0193

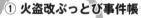